AF369729

LES
CONCUBINS

Il a été tiré de cet ouvrage 30 exemplaires sur japon,
signés et numérotés au prix de 20 fr. l'un.

CAMILLE LEMONNIER

LES CONCUBINS

LA GLÈBE — UN PÈLERINAGE
LES PIDOUX ET LES COLASSES

ILLUSTRATIONS DE FERNAND FAU

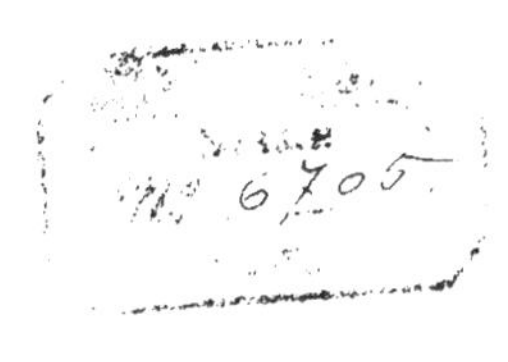

PARIS

ED. MONNIER, DE BRUNHOFF ET Cⁱᵉ, ÉDITEURS
16, RUE DES VOSGES, 16

1886

LES CONCUBINS

LES CONCUBINS

Au poète Émile Verhaeren.

Une après-midi venteuse d'avril, dans le bourgeonnement pâle des haies, on vit descendre du bois quatre hommes qui en portaient un autre, tous noirs parmi ce paysage de pluie et de nuées, sans qu'on pût les reconnaître ; et ils allaient très lentement, grandissant à mesure. Comme ils approchaient des maisons, une femme qui balayait le pissat de sa vache au puisard, s'écria :

— Tiens ! Lossignol ! c'est-il qu'il est foutu?

Mais l'un d'eux remua la tête :

— Cor pas !

Et tous quatre avaient du sang aux mains, à cause de l'homme qu'ils amenaient, blessé, le crâne ouvert. Aussitôt la nouvelle se répandit : de loin, des gens, appuyés sur leur hoyau, regardaient, vagues dans le déroulement infini des champs ; et d'autres, sur les seuils, avançaient la tête, avec des yeux de bœuf curieux et vides. Là-haut, sur le versant, un pignon paisselé d'une vigne, s'apercevait au bord d'un sentier, entre des toits feutrés de vieux glui, plus misérables. Ils passèrent un pont, montèrent le sentier, et tout à coup deux bras s'ouvrirent sur le ciel, comme une croix.

— M' n' homme !

Ils ne répondirent rien et continuèrent à marcher, en sueur, accablés par le poids. Alors Flavie les précéda, les épaules tournées vers eux, avec des sanglots qu'on entendit de la plaine, et au moment où ils entraient enfin, elle mit ses bras sous les reins de Lossignol, qu'elle aida à coucher dans le lit. A présent ils soufflaient, séchant leur front du revers de la main, gênés par cette douleur, et comme à pleine gorge elle se roulait sur le corps, le plus vieux expliqua l'accident. Ils travaillaient dans la coupe quand un cri était parti : quelque chose avait dégringolé des hautes branches d'un hêtre, la tête en avant. Peut-être un étourdissement l'avait pris ou un coup de sang, car il connaissait son métier ; et aplati contre terre, un large trou par où coulait sa vie, ils l'avaient ramassé très doucement. Le coup avait été rude, mais avec un pareil coffre, il se remettrait ; dans quinze jours plus n'y paraîtrait.

Des voisins ensuite conseillèrent à Flavie d'appliquer des compresses d'eau vinaigrée ; et le vinaigre manquant, elle baigna la plaie d'eau fraîche, simplement. En même temps un enfant se lançait par la pente, en quête du rebouteur, un berger qui savait des secrets, aidait les vaches à vêler et saignait les créatures. Et au bout d'un quart d'heure, il arriva, très haut sur de maigres fumerons, taciturne et sournois. Mais déjà, Martin Lossignol avait repris connaissance, les yeux morts, vagissant comme un petit enfant, sous la pluie chaude qui s'égouttait du sinciput, maintenant plus lente. La chambrée expulsée, Kinkin, qui était le sobriquet du berger, par allusion à ses trois spitts noirs, toujours sur ses talons, examina la blessure, fit un signe de croix par-dessus le lit, finalement déclara qu'il ne pouvait rien, la cervelle étant à nu. Flavie alors parla du médecin ; mais il haussa les épaules, remuant sa lippe chevaline avec dédain, sans une parole.

Cependant on ne pouvait le laisser crever comme ça ; et elle se lamentait, tordant ses bras, quand un genou poussa la porte, et Isidore Goffe, l'ouvrier de Chapelle le menuisier, un gars râblé, noir de poil et de prunelle, qu'on appelait surtout Dor Grosse-Tiesse, à cause de sa tête laineuse, très opulente, entra à son tour, ayant appris la nouvelle comme tout le monde. Ils étaient amis, Martin et lui, mais avec une rivalité quant aux meilleurs pigeons voyageurs, tous deux possédant un colombier ; et Goffe quelquefois eût voulu se venger de Lossignol, plus heureux aux concours, en lui robant sa femme. Celle-ci dans sa douleur s'oublia : d'un élan elle s'était jetée contre ce poitrail d'homme, désespérée, avec des pleurs, et il la serrait sous l'aisselle, lui touchant des doigts la gorge, toujours un peu plus fort.

A la fin, une chaleur lui coula dans les veines, qui la rendit honteuse ; elle reparla du médecin ; à tout prix il fallait que quelqu'un allât le quérir ; et il s'offrit à courir jusque-là, bien que l'homme de l'art habitât à une heure et demie du village. Une carriole les amena seulement à la tombée du jour. Dor Grosse-Tiesse avait abattu la traite d'une haleine, moins par compassion pour Martin que pour un autre motif, confus en lui ; mais le praticien accouchait une femme de deux bessons, et enfin, après un retard assez long, le rubican mis dans le brancard, ils étaient partis. Il y eut un premier pansement, qui fut renouvelé le lendemain et les jours suivants, pendant deux semaines, et au bout de ce temps, le docteur, rassuré quant à la vie, eut des inquiétudes quant à la raison. La mémoire, chez Lossignol, s'affaiblissait sensiblement; quelquefois il restait bouche bée, cherchant des mots qu'il ne trouvait plus; et il ne se rappelait pas bien que Flavie fût sa femme.

Cependant, Grosse-Tiesse apportait régulièrement ses offres de service; le soir, après le travail, il traînait dans la chambre, convoitant cette chair saine et brune ; mais s'étant aperçue qu'il la désirait, elle évitait ses mains, trop tendres. Et entre eux, Martin, très tranquille dans les draps, bégayait, avec une douceur enfantile, des choses qu'ils écoutaient, sans les comprendre. Flavie, patiente, le soignait maternellement, mettant ses divagations sur le compte de la blessure; et petit à petit il s'essaya à vaguer dans la maison, les jambes encore molles, diminué de moitié, lui, le musclé et le trapu, qui passait pour un des hommes robustes de l'endroit. Puis il put gagner la campagne reverdie, s'en aller sous les pommiers en fleurs; un jour il poussa jusqu'au bois, où les bûcherons ses camarades lui montrèrent l'arbre duquel il avait chu. Mais il regardait l'arbre, les regarda ensuite, hébété, avec un rire simple, ne se remémorant plus rien. Et comme à présent, tout seul, il faisait des gestes dans le vide, en soliloquant, les petits pitauds se moquaient, lancés sur ses talons.

Alors une honte descendit en Flavie. Les paroles du médecin, mal comprises d'abord, lui revinrent avec une évidence terrible ; elle soupçonna qu'on ne l'appellerait plus autrement que la femme du Sot. Et, sa vie finie, avec cette chaîne à traîner jusqu'au bout, sous la risée et le despris de tous, une fois elle s'abandonna à geindre si violemment, qu'elle ne s'aperçut pas des baisers dont Goffe la Grosse-Tiesse lui mangeait goulûment la nuque. Lossignol, coi dans l'âtre, déchirait à la pointe des dents un quignon et n'avait pas l'air de les remarquer.

Il y avait trois ans qu'ils s'étaient mariés, tous deux en belle force, lui plus âgé qu'elle de quelques ans, gagnant à son métier d'abatteur d'arbres de quoi les nourrir largement ; et ils avaient vécu à l'abri du besoin, braves époux, sans presque se quereller. Leur ménage leur suffisant, il n'allait au cabaret que le dimanche, après vêpres, jouant aux cartes pendant une heure ou deux, et elle ne trôlait pas au long des portes, dans des commérages entre voisines. Avec du temps et de l'épargne ils achèteraient la maison, amendant leur champ pour le temps où ils l'auraient en maîtres, toujours en train de remuer la terre avec la bêche ou la herse, pendant les soirs. Même au lit, entre deux fatigues d'amour, ils en parlaient, se voyant déjà à la tête d'un bien, très vieux l'un et l'autre, dans une quiétude de vie sans travail. Et en attendant, ils trimaient joyeusement, lui à la forêt, sur les routes, dans les vergers, elle par le logis qu'elle tenait en bel ordre, vaillante comme un cheval.

Large d'épaules et hanchue, sans mamelles, avec des enjambées masculines, elle avait le poil rude, l'œil hardi, du cuivre dans la voix, très grande, poussée jeune à une nubilité sanguine. Pucelle, tout le village l'avait courtisée, inutilement, disait-on. Lossignol, la nuit des noces, cependant n'était pas certain d'avoir cueilli la fleur rouge des vierges ; mais comme elle ne cria pas, docile, il l'avait préférée savante plutôt que niaise. Et la copulation entre eux s'était suivie nombreuse, active, puissante ; dans les ténèbres comme au plein jour, le châlit gémissait, aucun des deux n'étant las de se reprendre. Lui parti pour le bois, elle demeurait lascive, remuée au fond par son désir ; et souvent, n'y pouvant tenir, on la voyait s'en aller du côté des taillis, de son pas d'homme. Les compagnons riaient quand à deux, sans se cacher, ils gagnaient la cavée, les prunelles vagues dans le feu des joues ; puis au retour, on la taquinait de plaisanteries grasses, dont elle riait elle-même, plus fort que les autres. Les bêtes s'aimaient bien ouvertement : pourquoi pas mari et femme, puisque c'est la loi de nature ? Et la sachant « chaudesse », les mâles tout de suite étaient démangés près d'elle de gaietés luronnes qui la laissaient calme, froide à tous excepté à Martin. Ceux qui, trop entreprenants, l'avaient serrée d'un peu près s'en tâtaient encore les joues ; personne ne pouvait seulement dire qu'il lui avait caressé la taille ; et en pleine kermesse, un jour, elle s'était vantée qu'à moins d'être forcée, aucun homme ne l'aurait.

Pourtant la semence de Lossignol n'avait point levé : au bout de deux ans, inquiets, ils avaient travaillé pour l'enfant, gravement ; mais comme une terre pierreuse, la matrice de Flavie demeurait revêche ; et elle commença à traîner le deuil de son ventre, accusant par moments la graine mauvaise du mari. Ce furent leurs uniques noises : il se défendait, elle s'acrimoniait ; puis tous deux roulaient, s'accouplant où ils étaient, avec l'exaspération de cette gésine qui ne venait pas. Et depuis un mois Martin sentait un délabrement en lui, était pris de vertiges, les jambes veules et flasques. Quand il tomba de l'arbre, comme un fruit blet, Flavie ne se douta pas qu'elle même l'avait poussé dans le vide.

Le salaire de l'homme manquant désormais, elle s'occupa à la journée. Tout l'août elle moissonna pour les gens du village. A l'automne, on la prit pour ramasser les feuilles dans le bois. Puis l'hiver, elle charria des émondes; et en outre elle buandait, pâturait les vaches, faisait çà et là de la couture, et les autres jours terreautait, hersait, sarclait, à mi-jambes dans les labours et les fumiers. Des temps prospères il leur restait un peu plus de cent francs, sévèrement épargnés sur le vêtir et le manger et qu'elle gardait à remotis, aimant mieux souquer qu'entamer ce capital. Et de loin des fermiers arrivaient pour l'engager à cause de son renom de bonne ouvrière. Mais elle n'osait pas s'embaucher, retenue par Martin tombé à l'enfance.

Plus rien ne surnageait en lui de la vie consciente; des jours entiers il s'acagnardait dans un coin, débonnaire; et un reste de pitié, l'amour parti, la rattachait à cette ruine humaine, comme à une bête malheureuse. Quelquefois, pleine d'amertume, elle ne savait se retenir de le rudoyer; alors il la suivait, pitoyable, ses larmiers dégouttants, avec la misère résignée des vieux chiens battus. Et cette persistance de la sensibilité, vivante dans la mort de tout, finissait par la radoucir, touchée du gémissement de son imbécillité. Déjà le sobriquet, comme un gui, avait mangé son nom véritable : on ne l'appelait plus Lossignol l'abatteur d'arbres, mais Martin l'Efant, dérisoirement, sans rudesse pour sa sottise, inoffensive. Comme il était goinfre, criant famine toujours, mâchant jusqu'à du cuir et des racines par besoin d'une passion, il gonfla, pris d'une adiposité malsaine, la face et le ventre turgides. Et une fois, Dor Grosse-Tiesse, maintenant assidu, presque de la maison, la railla, la bouche mauvaise, d'avoir pigeonné avec cette créature misérable. Mais elle rebéqua, aigre-douce; en ce temps il n'avait pas son pareil pour l'encolure et le coup de reins; personne n'eût lutté avec avantage contre lui, pas même Goffe.

Maintenant d'ailleurs, elle occupait le lit toute seule;
il nuitait sur une paillasse au grenier; et elle le défendit,
blessée dans son amour-propre, comme une mère sa
progéniture infirme.

Grosse-Tiesse exerçait une autorité autour d'elle, point
encore sur elle. Il était patient, guettant le moment de la
prendre quand elle serait vaincue. En douze mois, il ne
l'avait bouquée que six fois, par surprise. Et même il
cessa tout à fait de la lutiner, pour ne point paraître trop
épris. Mais il commandait en maître, assouplissant petit à
petit cette volonté rétive, quelquefois partageait son pain,
assis près d'elle, à sa table; et elle n'avait pas peur, se
croyant toujours en possession d'elle-même, quand déjà
elle lui obéissait. Un jour, ils se boudèrent; il laissa
passer trois soirs sans venir et tout à coup elle s'aperçut
qu'il lui manquait, habituée à sa présence. Deux soirs
s'écoulèrent encore; alors une tristesse noire la rongea;
elle lui eût cédé sur l'heure; et comme elle se rendait
chez lui, ils se rencontrèrent, lui venant chez elle. Mais
tout de suite son cœur s'enforcit; elle regretta de ne pas
l'avoir attendu plus longtemps.

Puis, à quelque temps de là, vers la mi-juillet, le
tenancier d'une grande cense, riche, vieux garçon goguelu, passa, en peine d'aoûterons pour la moisson. Il
offrait un gros salaire, qu'elle refusa, moins cette fois à
cause de Martin qu'à cause de Dor; mais il haussa le
prix, gagné par une concupiscence, l'œil attaché à ses
formes puissantes; et dans les villages, le penard passait
pour un enragé détrousseur de cotillons. Le gain exagéré
la flatta dans sa bravoure de mercenaire; toutefois elle
aurait voulu obtenir l'acquiescement de la Grosse-Tiesse;
et constamment il la pressait, avec l'idée de l'employer
dans l'alcôve pour le surplus de son argent.

Alors elle s'en voulut de sa lâcheté vis-à-vis d'un
homme qui n'était ni son mari, ni son amant et la tenait

sous sa dépendance plus étroitement que s'il eût été l'un
ou l'autre ; et par défi elle accepta, tapa
dans la main du barbon pour sceller les
accords. Lui, s'en alla guilleret, tout
vert, remué dans ses moelles par cette
possession conclue. Mais le soir, quand
elle eut dit à Dor son
engagement, il en-
tra dans une
violente colère :

il savait le liber-
tinage du drille ;
aucune femelle
n'entrait à la fer-
me qui n'en sortît
mise à mal par ce coq
sur le retour ; et d'abord
il se contenta de crier
très haut qu'elle rom-
prait le pacte, rogue,
la face cramoisie. Elle
s'amusa de sa jalousie,
s'obstinant à déclarer qu'elle ne romprait pas ; et brusque-

ment il l'accrocha par les poignets, d'une telle force qu'elle ploya les reins, gémissante.

— Lâche-moi, losse et cciïon qui n'a d' courage qu'avec les femmes... J' suis mon maître...J' te dis qu' c'est fait et qu'il a ma parole.

— Carogne! J' sais ben pou'quoi qu' tu veux aller à la ferme... Pour sûr, c'est pour des saletés... Mais j'aimerais cor mieux te trouer la paillasse.

Elle se débattait, d'une secousse de ses masculines épaules s'arracha à son étreinte; mais il la ressaisit et ils luttèrent comme deux athlètes, s'étant pris à bras le corps, avec des râles sourds. Martin, accroupi dans la cheminée, riait en dodelinant la tête. Maintenant une rage décadenait le menuisier, il lui arracha le corsage, avide de sa chair, et elle avait à défendre sa gorge contre les baisers dont il la mangeait. A pleins poings elle lui cogna le crâne, tapant à l'aveuglette; une de ses moustaches lui resta à peu près dans les doigts; et elle aurait mordu ses joues, dans sa fureur d'être ainsi outragée. Puis sa jupe se dégrafa; une main l'étreignit au ventre; elle l'entendait haleter comme un bœuf, tout pâle, les yeux perdus. Et la lampe ayant tout à coup versé, ils s'acharnaient dans le noir, heurtant la table et les escabeaux, comme des meurtriers. Mais une ruse diabolique inspira Flavie; elle connaissait l'endroit faible des hommes; des paysannes quelquefois par là avaient maîtrisé des taureaux furieux; et un hurlement monta, tandis que Dor s'écroulait, blessé dans sa virilité. D'un bond elle fut dehors, ses jupes ramassées en ses mains, toute défaite, avec le battement de sa noire crinière au long de ses épaules; et du sentier elle l'invectivait, victorieuse, en lui portant des défis.

Ils se revirent le lendemain, tous deux calmés, sans rancune apparente. Il plaisanta sur sa sauvagerie de la veille, une farce simplement: pour rien au monde il n'au-

rait voulu lui causer de la peine; on était des amis, pas
autre chose; et en réfléchissant au moyen qu'elle avait
employé pour triompher de lui, une gaîté les remuait,
avec un dépit du côté de Dor. Le premier il reparla du
fermier; elle avait eu raison d'accepter; on ne gagne pas
tous les jours de pareils salaires; et il feignit la bonace,
au point de le laver de son renom de débauche. Mais
elle se mit à rire : le bonhomme ne lui revenait pas; puis
la ferme était trop distante; il eût fallu être bête pour
prendre du travail si loin, quand tout le monde se la dis-
putait au village. Grosse-Tiesse dissimula sa joie; tranquillement il alluma une pipe et dit :

— D'abord que c'est comme ça, moi, ça m'est égal.
J'voulais seulement dire qu' l'argent c'est l'argent. C'est
mon idée. Et si c'est ton idée d' faire à la tête, ça m' va,
comm' ça m' va si tu y vas. J'peux pas mieux dire, hein?

Ils se tutoyaient depuis longtemps, n'ayant point d'autres familiarités; mais cela suffisait pour qu'on les crût
couplés charnellement; et quelquefois, Dor, taquiné dans
les cabarets à cause de ses amours, branlait le chef, goguenard, sans dire non. Une gloriole avait même fini
par le grandir parmi les mâles de la paroisse; aucun
n'avait su toucher la rude Flavie, constante à son mari jusqu'à son malheur; et cette victoire difficile lui donnait
comme un prestige d'adroit chasseur, venu à bout d'un
gibier convoité. Pour elle, quand on lui parlait de l'ouvrier de Chapelle, son dédain éclatait; elle haussait les
épaules, superbe, toute vaine de ce corps qu'elle continuait à lui dérober.

— Grosse-Tiesse? g'na pas eu seulement ça! Ah ben
non!

Mais les voisines la traitaient de Sainte-Nitouche, se
disant entre elles que Goffe, un gars bien vu des filles,
ne s'en venait pas pour des prunes user ses culottes aux
chaises de la Lossignol. Et un jour, comme on rapportait

à Dor le propos de Flavie, il fut admiré pour avoir répondu qu'elle avait ses raisons d'ainsi parler et que, quant à lui, il n'en avait point pour dire le contraire. Mais le soir, il lui fit une scène : tout le monde les tenait pour accointés ; elle n'aurait pas dû le déprécier auprès des commères. Et très naturellement il finit sur ce mot :

— Tout d' même, faudra ben qu' ça soit, un' fois ou l'aut !

Au fond elle ne lui donna pas tort ; tôt ou tard ils finiraient par là, comme les autres. Seulement, après avoir si longtemps attendu, la chair lui démangeait moins ; par moments elle se flattait qu'elle aurait très bien pu vivre sans homme ; et son orgueil à le lanterner l'amusait plus que le plaisir qu'il lui eût donné. Dans les commencements, au contraire, la continence l'avait ravagée ; elle s'était sentie dévorée de son désir comme d'une plaie ; toute seule en son lit vide, il lui fallut tordre son ventre pour comprimer les révoltes du sang ; et toujours une bête en elle, semblait lui déchirer les entrailles. Elle avait connu alors des supplices : dehors, aux champs, le soleil l'enflambait ; un feu couvait dans ses flancs, que l'eau n'apaisait pas ; et même elle ne pouvait renifler l'odeur des étables sans un énervement profond. Puis le mal s'était usé ; maintenant elle n'aurait voulu ouvrir son giron que pour engendrer.

Ce goût de l'enfant petit à petit l'obséda ; elle enviait les vaches, les brebis, les chèvres, fécondées tous les ans ; Martin non prolifique lui parut plus méprisable que Martin simple d'esprit ; et les mains inactives, comme immobilisée en des songeries, quelquefois elle s'oubliait à regarder les mères avec leurs petits, dans la clarté des pacages. Le censier de la Cayauderie, un brave homme celui-là, l'ayant louée pour la fenaison, elle partait à patron-minet, son fauchet sur l'épaule ; ils étaient-là une dizaine, garces et gars pêle-mêle, qui, à plein poitrail

dans les herbages, besognaient de l'aube à la nuit ; et la
lande autour d'eux, luisait comme une fournaise. Constamment la faux étincelait, à mesure des andains, parmi
la houle des verdures ; puis les râteaux étiraient sur l'aire
la coupe de moment en moment blondissante, et vers le
milieu du jour, sous le soleil à pic, toute la bande mide-
ronnait derrière les meules, accablée, pendant une heure.
A la fraîche, on s'en allait, souvent par couples qui s'enfonçaient dans les taillis ; les flammes de l'air allumaient
de la braise dans leurs veines ; ils étaient rendus lascifs
par la poussière montée des foins. Mais elle partait toujours seule, de son grand pas tranquille, regrettant toutefois à présent que Dor la Grosse-Tiesse exagérât sa sa-
gesse. Et un soir qu'il était venu au-devant d'elle, tous
deux traversant un bois, qui les écartait du logis, elle
plongea dans les siennes ses prunelles froides, en riant :

— Ben, veux-tu qu'ça soit ?

D'abord, elle ne goûta qu'une joie médiocre ; son être
s'abandonnait passif, comme déshabitué des grandes se-
cousses de l'amour ; et elle éprouvait presque la lassitude anonchalie des taures pour qui le temps du rut est
passé. Puis, la vigueur de Dor tout à coup réveilla son
flanc seulement paresseux. Une fois, dans une crise de
larmes, elle s'accusa de sottise pour avoir si longtemps
retardé leur plaisir. Fallait-il qu'elle fût bête de s'être
contrainte quand le bon Dieu a fait les sexes pour se
joindre ? Et c'était, comme auparavant avec Martin, des
chauffes de désir qui lui mangeaient les reins ; son sang
recuit par le veuvage, toujours fermentait, comme un vin
dans le pressoir ; elle redevint la femme irrassasiée qui
avait épuisé la sève de son premier homme.

Sous l'août en feu, ils se cherchèrent dans les bois et
les prés, s'accouplant derrière les arbres, les meules, les
buissons, au hasard, comme les animaux. A l'heure du
crépuscule rose, Grosse-Tiesse venait la prendre, reposée ;

à deux, par les herbes humides, on gagnait la pleine
campagne; et ils entraient dans les carrés de blés encore
debout, pour s'y flâtrer. Puis elle rejoignait les faneurs :
à grandes arpentées il reprenait le chemin de l'atelier.
Mais le soir tombé, leurs ombres de nouveau s'allongeaient côte à côte sur les chemins rouges. Et même
quelquefois, à midi, ils marchaient l'un au-devant de
l'autre, occupant le temps de la sieste à des bonheurs.
Bientôt il éprouva des pesanteurs de tête; sa haute sta-
ture par instant vacillait, comme sapée par les pieds; et
elle n'avait point pitié de sa force diminuée.

En novembre, les gilées les chassèrent des champs;
d'ailleurs les travaux étaient finis; elle se remploya dans
les fermes, lessivant, accomplissant les besognes ména-
gères; et comme par l'autre hiver, ils se trouvèrent les
soirs dans l'âtre, chez elle. Cependant une pudeur l'avait
prise: aussi longtemps que Dor ne fut pas son greluchon,
elle s'abandonna, dédaigneuse des clabauderies; mais à
présent qu'il l'était, elle s'observait, le recevant avec
mystère. Jamais il ne demeurait plus d'une heure, soumis,
ayant son idée: et comme l'avarice le travaillait il avait
fini par s'accommoder de prendre en commun leur repas
du soir, sans payer son écot. Aussitôt qu'il arrivait, on en-
voyait Martin à son grenier : il couchait sur une paillasse,
dans une couverture, ne dormant pas toujours, à cause
de la neige et de la pluie qui filtraient par les fentes du
toit; et janvier venu, ses pieds brusquement s'enflèrent,
mordus d'engelures. Au contraire, un grand feu brûlait
constamment en bas, dans le poêle qui chauffait le lit pour
leurs amours.

Puis, Flavie se relâcha dans son inquiétude de l'opi-
nion. Elle s'était accoutumée à ce ménage nouveau; les
nuits surtout lui paraissaient longues, dans le silence de
la maison; et elle souhaita la mort de Lossignol pour
convoler avec le menuisier. A midi elle lui apportait du

café chaud ; le soir ils se nourrissaient de pommes de terre au lard, aimant tous deux le bien-être ; souvent il ne s'en allait qu'au petit jour, comme un mari. Son plan chiquet à chiquet se réalisait ; elle lui gagnait le boire et le manger, dont il s'emplissait abondamment ; et un jour, il s'installerait en maître dans le logis, devenu patron à son tour.

Maintenant, le pauvre Martin l'Efant s'était changé en un objet de mépris pour l'adultère. Toute pitié abolie pour cette décrépitude qui était son œuvre, elle l'obligea à déserter la maison à pointe d'aube ; il emportait un chanteau de pain de seigle, quelquefois s'allait cacher dans les granges, toléré des paysans, et rentrait à la nuit, ayant apaisé sa faim avec des souris, des rats et d'autres bestioles qu'il dévorait crues, presque encore vivantes. Cependant, pour ne point irriter le village, elle lui rabobelinait ses haillons qui lui donnaient un air de misère décente. Mais il les déchirait tout de suite aux épines, aux herses et aux clous, crotté en outre des bouses de vache que lui jetaient les polissons, ou dont il se salissait dans les étables ; et un tel dégoût de son infirmité bientôt la posséda qu'elle ne toucha plus à ses loques et le laissa vaguer, dans le délabrement et la crasse.

Robuste et saine, elle s'était toujours montrée grièche pour les calamiteux, ne supportant que les bons bouleux puissants comme elle. C'est pourquoi Goffe, très grand, les bras noueux, lui avait agréé dès les premiers temps ; elle goûtait dans ses poings l'enivrement d'une force brutale, constamment prête ; et seulement elle l'eût voulu violent, d'un fond de nature moins égal.

A la longue, leur liaison s'afficha. Les dimanches ils partaient ensemble pour la messe ; des gens, venus pour Flavie, souvent le trouvaient au lit ; et la présence de l'idiot ne les gêna plus, tous deux s'accolant sans vergogne devant lui. Même Grosse-Tiesse, rancunier, et

qui ne savait pas oublier l'ancienne supériorité de Martin
aux concours de pigeons, affectait un libertinage dégoûtant
quand il était là, s'éjoyant à l'outrager dans cette chair
conjugale criminellement patrouillée. Elle finit par s'amuser comme lui de la loi méprisée sous les yeux du mari ;
cette bravade impie ajoutait une douceur d'offense à leur
plaisir, qui s'en aiguillonna ; et avec des rires, complai-
samment ils lui montraient leurs nudités, par mépris
des hommes et de Dieu.

Lui, l'innocent, regardait remuer leurs hanches, insen-
sible à l'injure, les yeux toutefois écarquillés et luxu-
rieux. Dans cette ruine, la sève par accès bouillait
encore ; et une après-midi, comme ils recommençaient, il
se rua, grondant, sur de la chair qu'elle avait découverte.
Cette frénésie leur causa une grande hilarité ; il s'agitait
comme une bête, à la fin presque dangereux ; et ne pouvant l'écarter, ils le battirent, le piétinèrent, l'auraient
massacré.

Enfin, l'août ramena les besognes lointaines. De nouveau elle se loua pour la fenaison et la moisson, mais ils
ne s'oubliaient plus dans les bois. Chacun d'eux possédant une clef, le premier rentré allumait le feu en attendant l'autre ; et ils avaient des habitudes régulières de
vieux époux. Comme le précédent été, elle partait au chant
du coucou, tout le jour suait sous les flammes solaires, et
par moments immobile en des songeries, s'attardait à
contempler les mères et leurs petits dans la clarté des
herbages. Et toujours l'impérissable désir d'une progéniture rongeait son ventre qui ne voulait pas germer. Aucun homme n'aurait donc le pouvoir de l'engrosser ; sa
poitrine ne connaîtrait pas le gonflement des mamelles ;
elle ne verrait pas fleurir sa chair dans une créature sortie
de sa douleur. Et pleine de colère pour ses flancs infé-
conds, quelquefois elle les frappait du plat de ses mains
pour les punir, avec un cri monté de sa maternité vide.

Mais à deux mois de là, soudainement le flux cataménial tarit ; elle eut des vomissements : sa ceinture s'enfla ; et dans sa gratitude envers Grosse-Tiesse, un moment elle songea à renipper Martin, comme pour l'associer à son bonheur. Elle paya six francs, en effet, une veste de pilou bien conditionnée, puis, ravisée, l'offrit à Dor qui seul l'avait méritée.

Dès ce moment, ils concubinèrent ouvertement. Goffe emménagea ses nippes, se carra au logis, installa un établi dans le fournil ; et il n'allait plus à l'atelier, travaillant à son compte pour la pratique. C'était son idée qui enfin arrivait à terme : il était le mari sans avoir les responsabilités du mariage ; lui ferait les enfants, Martin les endosserait ; plus tard, rien ne l'empêcherait de tirer ses grègues, en cas de mésentente et de zizanie : et leur vie ainsi réglée leur semblait à tous deux si naturelle qu'au prône, un dimanche, le curé les indigna en parlant, sans les nommer, du scandale qu'ils faisaient rejaillir sur tout le village. Qu'est-ce qu'il avait à voir dans leurs affaires, cet homme de Dieu ? Est-ce qu'ils n'étaient pas libres de vivre ensemble, puisque l'Efant ne pouvait plus consommer l'œuvre charnelle et que Grosse-Tiesse le remplaçait jusque dans le travail de l'engendrement ?

Mais le pasteur, esprit droit, tonna derechef, ameutant les représailles autour de leur infamie ; et quelques paysans, rebutés autrefois par Flavie, organisèrent un charivari, par jalousie contre Dor. Jusqu'à minuit, pendant plusieurs jours, les trompes cornèrent, les casseroles furent frappées à grands coups de bâton, des sifflets stridaient sans répit ; et le matin, régulièrement un mannequin de paille était vu brandillant au bout d'une perche, devant leur huis. Ils ne bougèrent pas, cois sous les draps tout le temps que dura le bacchanal ; et, le dimanche suivant, au cabaret, Grosse-Tiesse, narquoisement interrogé au sujet du tapage nocturne, déclara qu'ils avaient dormi et n'avaient rien entendu.

Leur indifférence apaisa les esprits; il se trouva des gens qui leur donnèrent raison; et d'autres riaient de l'aventure de Martin, cocu sans le savoir. Quand l'enfant, une fille, vint au monde, le menuisier, à la mairie, déclina la paternité de Lossignol, bonacement, ce qui excita une gaîté qu'il partagea lui-même. Il s'engraissait, bientôt prit du ventre, mais perdit ses cheveux, dévirilisé par l'abus du coït. A la tombée du jour, on l'apercevait bèchant le champ sans entrain; ils avaient acquis une vache et des porcs; et Flavie ne désespérait plus d'acheter la maison avec la terre, s'y voyant très vieux, elle et Grosse-Tiesse, comme très vieux, s'y étaient-ils vus, Martin et elle.

La literie manquait; ils enlevèrent à l'idiot son unique couverture, dont elle fit des maillots et une courte-pointe à l'enfançonne; et l'hiver étant revenu si àpre que les anciens l'appariaient aux grands hivers historiques, il couchait là-haut dans une sibérie, gardant ses penaillons sur lui à défaut de draps, les poils de ses narines raidis au matin par le gel. Mais, comme un matin, il avait manqué ne plus s'éveiller, rigide, froid comme un cadavre, elle ne voulut pas être accusée de sa mort, et l'envoya coucher à l'étable, dans la litière de la vache, où la buée émanée des flancs de la Rouge, du moins le tenait chaud. Une sympathie grandit bientôt entre la puissante laitière et le maupiteux; elle s'habitua à l'avoir sous son ventre, près de ses mamelles, au point de gémir quand il s'en allait; et il eût passé dans son giron des jours entiers, si la faim ne l'avait chassé, les boyaux tiraillés horriblement. Même un commerce sacrilège s'engendra de cette cohabitation; dans sa déchéance de simple, il n'apercevait plus l'animalité, mais seulement le sexe; et elle lui était soumise comme une épouse.

A la fin, ils conçurent des soupçons; la vache s'alanguit; il fut lardé à la pointe de la fourche; et Flavie surtout montra une fureur sans bornes, oubliant son adultère pour cet autre, moins abominable. Alors, on l'enferma chaque nuit dans un appentis, qui autrefois avait servi de charril, avec du foin et de la paille; il entendait les meuglements doux de la bête monter comme une plainte: mais cette peine solitaire n'éveillait plus en lui que le souvenir d'avoir été battu. Deux trous qu'il avait aux jambes, se cicatrisèrent mal, faute d'un pansement; tout autour, la chair s'était tuméfiée; et il vint au printemps des ulcères qui infectaient, toujours suintants. A présent, ils ne lui permettaient plus même d'entrer dans la maison; s'il tentait d'approcher, on le chassait à coups de balai; quelquefois Flavie, point méchante cependant, sans cause le cognait de ses sabots, démenée comme une furie; et sourdement, les dents serrées, elle lui criait:

— Crève donc, charogne!

Depuis qu'elle avait engendré, surtout, c'était une haine immodérée; à la messe, elle invoquait Dieu pour qu'il mît un terme à cette existence; aucune scélératesse ne lui semblait plus noire que son obstination à s'éterniser. Et elle finit par se persuader que la déchéance de Lossignol n'était si misérable que par une volonté d'en haut, qui le châtiait de s'être mis en travers de leur vie. En même temps, elle lui prêtait des ruses mauvaises, s'imagina sincèrement qu'il les poursuivait d'une rancune, continuant à vivre pour les abreuver d'ennui. Une fois qu'il avait pris dans ses bras la petite, laissée seule un instant au soleil sur le pas de la porte, l'idée lui vint qu'il avait voulu l'étouffer, bien qu'il la baisât tendrement, et elle le bourra si grièvement qu'il resta près d'un quart d'heure à terre, pantelant, avec son vagissement puéril, sans pouvoir se relever. Goffe, qui avait vu la scène de son établi, lui apporta un verre de bière pour le ravigourer ; et à la fin, très lentement, s'appuyant sur ses poignets, il se redressa, les jambes et les bras meurtris.

Le menuisier, pour sa part, ne lui aurait point fait de mal ; même il lui gardait une reconnaissance confuse pour cette place cédée dans le lit conjugal, qui à la longue lui avait donné la maison tout entière. Et cependant une chose parfois l'irritait, l'éternelle goinfrerie de Martin, étant grand mangeur lui-même. Quand une fringale le prenait, il attendait que Flavie eût les talons tournés, un peu honteux de son appétit, puis sournoisement se taillait un quignon énorme, qu'il recouvrait d'un doigt de beurre. Mais elle se plaignait avec acrimonie de la diminution du pain : de ce train-là jamais on n'épargnerait assez pour acquérir la maison ; et il lui persuada que, pendant son absence, peut-être Martin se coulait jusqu'à l'armoire. Celui-ci, d'ailleurs, faisait main basse sur tout : il se repaissait des détritus jetés au fumier, dévorait les pommes de terre crues, s'acharnait sur des os, comme un chien. Or, il arriva ceci vers la fin de l'été, Grosse-Tiesse fut miné par un tenia qui le dévora vivant ; il eût disputé à Martin ses horribles nourritures ; rien n'assouvissait la rage du ver ; et pour équilibrer la dépense, Flavie définitivement supprima la ration de pain qu'elle donnait à l'innocent et qui désormais s'engouffra dans l'estomac de Goffe.

Ce n'était pas leur seule calamité : l'enfant croissait mal, d'une pousse chétive. La croûte de lait lui avait mangé la face et les yeux ; tout l'hiver, on craignit la cécité ; et, en outre, elle eut des convulsions atroces, où la vie semblait la quitter. En décembre, au plus fort des neiges, Flavie conçut la pensée d'un pèlerinage à Saint-Corneille, distant de six lieues du village ; mais cette dévotion n'était efficace qu'à la condition de cheminer pieds nus. Elle marcha pendant près d'une heure sur la terre

gelée, sans bas, puis fut recueillie, mi-morte, dans un
cabaret, ne pouvant aller plus loin. A quelque temps de
là elle recommença toutefois. Seulement elle avait gardé
ses souliers et Martin, près d'elle, trottinait, déchaussé à
sa place. — Lossignol, après tout, étant encore toujours
son homme et de ce chef ayant une part de propriété sur
la graine germée d'un autre, mais enregistrée sous son
nom à la commune et dans le ciel, le miraculeux patron
ne s'apercevrait peut-être pas de la supercherie. Et
toutes les heures elle le réconfortait d'une rasade de genièvre qu'il buvait en partie et dont le surplus servait à
frictionner la plante de ses pieds, déchirée. Mais à la cin-
quième lieue, ses jambes enflèrent démesurément ; il
tombait à tout bout de champ, refusant d'avancer, malgré les coups ; par surcroît la boisson s'étant mise à fer-
menter, elle était obligée d'employer la force pour qu'il
n'étalât pas sa nudité, devenu obscène.

Cependant, après avoir déambulé jusqu'au midi du jour,
ils arrivèrent enfin ; elle brûla un gros cierge devant l'autel
du saint, resta longtemps en prières ; et au retour, comme
à bout de forces, Martin s'était effondré contre un arbre,
elle continua seule sa route, espérant qu'il mourrait là.
Mais on le connaissait dans tout le pays ; le soir il fut
ramassé par une fermière qui passait en carriole ; et Flavie
eut un saisissement quand, le lendemain, la bonne femme
elle-même le ramena, les pieds en sang, renippé de vieilles
hardes. C'était un salaud : il avait tâché de la forcer sur
le chemin ; ils avaient lutté ; et toute rebroussée de colère,
elle se retint pour ne pas battre cette créature charitable.

L'enfant se remit. De nouveau une grossesse lui entonna
le ventre ; et la stérilité semblait si bien conjurée que cette
fois elle accoucha d'une paire de jumeaux. Alors surtout
le cocuage de Lossignol parut comique irrésistiblement :
c'était par fournées à présent qu'un autre lui cuisait son
pain ; et dans la campagne, des passants l'arrêtaient, cave

des rires d'hommes bien nourris devant sa simplesse ignorante des outrages et des moqueries. Cependant un orgueil emplissait Dor, à l'idée de cette race abondante sortie de lui : à la mairie il aurait voulu déclarer la provenance véritable, piété sur ses jambes, la tête haute. Sa paternité à la fin s'indignait de toujours pondre des œufs qui éclosaient sous un nom qui n'était pas le sien. Une autre confusion, d'ailleurs, abolissait sa personnalité : des connaissances lointaines de Flavie qui venaient les voir, n'ayant rien su de l'accident de Martin, le prenaient pour Lossignol ; et une gêne les empêchait l'un et l'autre de les dissuader.

A part ces ennuis, ils vivaient paisibles. Tout le village maintenant acceptait leur commerce ; Goffe avait acquis une clientèle qui inquiétait son ancien patron ; et leur ménage, très régulier comme s'il eût été légal, était proposé en exemple, pour l'ordre et la concorde. Puis il avait eu des succès dans les concours de pigeons ; en un an, ses boulins lui avaient procuré vingt-deux couvées sans déchet ; et intérieurement il compara cette lignée prolifique à la sienne, toutes deux pondues dans le nid de Martin qui leur avait porté bonheur. Mais l'année suivante, Flavie de rechef eut une gésine ; il ne pouvait plus l'approcher sans la féconder ; et cette abondance de progéniture les inquiéta comme une marée qui les submergeait.

Pourtant elle continuait à se montrer exigeante ; ses ardeurs ne ralentissaient pas ; à travers cette maternité qui constamment lui déchirait les flancs, un feu la rongeait, qu'elle le contraignait à apaiser, bien qu'il rechignât, déjà usé à la peine. Et bientôt l'histoire de ses parturitions s'étendit par la contrée : un renom s'attachait à cette fertilité extraordinaire ; à peine avait-elle mis bas une portée qu'une autre lui arrondissait la ceinture.

Ni les gestations ni les couches toutefois n'altéraient sa robuste prestance de paysanne, intacte dans sa force.

Elle avait gardé sa vaillance au travail, l'été se louait encore pour la moisson, savait accorder le soin de sa postérité avec la nécessité d'un salaire gagné au dehors, alourdie seulement par le poids de ses mamelles, vastes comme des pis. Et une fois, en rentrant des champs, elle ramena dans son tablier un nouveau-né, chu de sa matrice, tout sanglant, sans qu'elle eût presque interrompu sa besogne de faneuse. Alors Goffe fut moins vain de sa semence : la fructification toujours renouvelée de Flavie menaçait de les dévorer, comme un plant sous une nuée de sauterelles ; et, à chaque naissance, sa voix à la mairie baissait d'un ton, dans le ridicule de cette lignée de petits Lossignol, qui interminablement s'allongeait. Bientôt la maison ne pourrait plus les contenir : elle grouillait dans le courtil, débordait par le champ ; et il envia l'imbécillité sereine de Martin, qui ne l'obligeait plus à forniquer. C'était pourtant pour lui qu'il s'acharnait ; il binait dans sa vigne ; les enfants qu'il procréait ne connaîtraient jamais leur paternité véritable ; et à leur tour, ils engendreraient une race qui à travers le temps, porterait le nom usurpé de Lossignol. Une mélancolie lui faisait trouver pénible son éternel labeur.

Puis des années s'écoulèrent. Ils avaient loué un champ dans la campagne, celui qu'ils tenaient à bail ne suffisant plus à nourrir cette meute d'estomacs. Chaque jour, ils étaient douze à table, tous également voraces, sauf Flavie et Dor qui économisaient sur leur faim, pour sustenter celle des petits. Et l'aîné des garçons, qu'on appelait Gugusse Grosse-Tiesse, en raison de sa souche, comptait neuf printemps ; le cadet avait huit mois à peine ; mais déjà la gorge maternelle regonflait, dans l'élargissement des hanches, en une reprise nouvelle de son inéluctable grossesse. Martin, lui, semblait indestructible ; on lui avait pris le coin de charril où il passait les nuits et il couchait à présent dans une des deux soutes à porcs, mangé par les vermines, le corps squammé de dartres, purulent. Quelquefois toute la bande se ruait sur lui : Gugusse, précoce, avait imaginé de lui écraser ses poux à coups de pierres : et les autres constamment lui remplissaient sa niche de bouses de vache sur lesquelles il se ventrouillait. Quand il creva enfin, très longtemps après, on ne sut jamais comment, Dor Goffe le menuisier l'avait précédé depuis deux ans dans la terre du cimetière. Jamais Flavie ne pardonna à Grosse-Tiesse cette mort prématurée.

— Si c'est pas cochon, déclara-t-elle un jour. Je lui demandais qu'un éfant... I m'en a fabriqué douze. Cor beu que c'est pas treize... Ben sûr, c'l' homme-là avait une maladie pour tant z'en faire. Et comme ça, v'là qu'à c'l' heure, mes éfants, avec leurs deux papas, en ont cor moins qu' les aut' qui n'en ont tant seulement qu'un.

Avril 1885.

LA GLÈBE

LA GLÈBE

Trente années pleines, il avait remué la terre pour les autres, s'employant à la journée, l'hiver comme l'été, de l'aube à la vesprée, la nuque mangée par les soleils, une pourriture de fumier aux pieds, avec les dimanches pour seul soulas. Et maintenant, dans une maturité déjà avancée, ses cinquante hivers pesant sur lui du poids des rhumatismes attrapés à biner, sarcler, bêcher, charroyer des engrais sous le gel, les pluies et la canicule, il avait à la fin conquis, lui aussi, à la sueur de ses membres, un lopin de cette terre maternelle qui nourrissait autour de lui les familles.

Au dernier automne, par un froid brouillard d'octobre, il avait mis pour la première fois le talon dans son champ, ayant employé ce dimanche-là à régler avec le Gosau, le boucher, propriétaire du fonds. On avait bu ensemble huit chopes, il avait signé d'une croix l'acte de vente, ne sachant pas écrire, et l'après-midi, il était venu là en maître, à son tour, le cœur gonflé d'une grosse joie tranquille, trop grande pour parler. Jusqu'à la nuit il était demeuré dans les humidités de l'air et du sol, marchant à petits pas, en long et en large, dans une prise de possession lente, point encore habitué à l'idée que cette chose qu'il foulait était à lui, qu'il allait fouir dans ce bout de lande une graine qui germerait pour lui seul, comme une autre femme qu'il aurait prise pour l'engrosser aussi de sa semence. Et la semaine suivante, il avait emménagé, il avait quitté la masure délabrée dans laquelle depuis leur mariage ils se terraient, s'était mis à replâtrer les murs, à redresser les marches du seuil, à boucher les trous à rats, à désencombrer la soute des porcs, travaillant d'un courage jamais las, maçon, charpentier, vitrier, plafonneur tout à la fois.

Il y avait huit ans que la maison était sans habitants ; le propriétaire, après la récolte, y entassait ses pommes de terre et ses regains, n'ayant pu trouver acquéreur pour cette bicoque qui s'émiettait ; et petit à petit les portes s'étaient crevassées sur leurs pentures rouillées, le toit avait fini par s'ouvrir aux ondées, une herbe drue poussa dans les fissures du pavement. Quand le Forgeu et sa conjointe y passèrent la première nuit, un grouillement velu leur monta dans les jambes : il fallut allumer la chandelle pour mettre en fuite les rongeurs, attirés par cette odeur de viande humaine ; et d'énormes araignées noires, sorties de tous les coins, leur firent aux mains et à la face des ampoules, grosses comme des fluxions, qui les amusèrent dans le petit jour vert du réveil.

Une légende, une histoire de Prussiens jetés dans le puits, après la bataille de Waterloo, avait mis la terreur et la solitude autour de la baraque ; mais, comme le puits donnait une eau sapide, très claire, ils ne s'en alarmèrent point, contents de cette mauvaise réputation qui avait écarté les convoitises. Et tout de suite, ils s'étaient rompu l'échine à mettre la maison et le champ en ordre, la femme trimant le jour, l'homme peinant la nuit, tous deux si occupés qu'ils en oubliaient le boire et le manger. Comme par le passé, il s'employait en journées dans les fermes, menait les attelages, activait les labours, gagnant à ce métier un salaire qui l'été se montait à trois francs et l'hiver à deux seulement ; et il ne sentait plus la fatigue, ayant au bout de ses douze heures de travail son bien qui l'attendait.

En près d'un mois, la maison fut retapée, les vitres aux fenêtres, les murs échaudés, les fentes du toit bouchées, une chaleur de vie dans tout ce délabrement d'antan. Et le matin des dimanches, uniquement, ils demeuraient les mains molles, pris par la messe, n'osant enfreindre le commandement du repos dominical. D'abord, l'un et l'autre se complaisaient dans la jouissance solitaire des choses accomplies ; elle traînait de la cave au grenier ; lui s'en venait fumer à bouffées courtes sa pipe dans le champ, remué par la pensée des semailles prochaines. Ensuite, malgré l'Église et Dieu, le besoin d'ouvrer les reprenait dans l'ennui de ce long jour vide : à deux, sous le ciel noir, une sueur glacée perlant à leurs peaux rêches, ils retournaient la terre à coups de reins forcenés, émoussant le fer des bêches aux mottes gelées et aux éternels cailloux qui, dans cette glèbe abandonnée, où les voisins s'étaient accoutumés à déverser leurs mergers, avaient graduellement mangé l'humus végétal. Une fois attelés à l'âpre besogne, ils ne pensaient plus au dimanche, aux peines qui frappent l'insoumission de

l'homme, aux admonestations prodiguées en chaire par
le curé; et, dans le silence humide des crépuscules,
toujours s'entendaient la retombée sourde des pelletées et
l'haleine rauque montée de leurs poitrines comme un
souffle de bœufs.

Ils s'étaient pris il y a dix-huit ans, elle servante de
ferme, grande fille maigre, d'une force égale de bête de
somme, avec sa rugueuse chair gercée, ses mamelles
plates, ses longues dents pourries par les eaux mauvaises,
lui, manouvrier, les reins déjà cassés, tout démoli à chaque retour d'hiver du bourrèlement profond des rhumatismes, n'ayant connu de la vie l'un et l'autre que la
corvée, la bataille pour le pain, la passivité résignée à
tout, au fermier, aux intempéries, à la malechance. A dix-
sept ans, un gars l'avait taurelée. Jamais elle n'avait pu
se rappeler comment la chose s'était faite. C'était en août,
dans une chaleur de midi, à l'étable, parmi les purins;
un étourdissement l'avait roulée sous lui, à même une
bottelée de luzerne; et la douleur qu'elle avait sentie,
comme déchirée au ventre, n'était plus revenue, les fois
que, machinale, sans savoir, comme la bête, et très-
honnête d'ailleurs, n'ayant de sa vie ni robé ni souhaité
la mort de personne, elle avait ouvert son giron aux
mâles, ses maîtres. Puis une parturition l'avait alitée un
jour entier, le seul qu'elle eut passé sur son grabat, depuis
quinze ans qu'elle se louait. Elle n'aurait su dire au
juste de qui était l'enfant, du vieux censier ou de l'aîné
des fils, et cette mise bas, après six jours, avait crevé,
toute tordue et nouée, à cause des rudes besognes aux-
quelles avait été exposée sa grossesse.

A une ducasse, elle rencontrait ensuite Michel Lheu-
reux; tous deux s'acceptaient sans s'être rien dit du
passé; et leurs économies aboutées, quatre cents francs
épargnés sur la toilette et le cabaret, ils étaient partis se
marier à l'église. Comme elle ne cherchait pas à cacher

l'enflure de son flanc, on avait ri tout le long du chemin devant cette bosse qui lui remontait les jupes jusqu'à la jarretière. « Un pain qu' la commère s'a payé dessus la fournée », marmottaient les gens sur leur passage. Et au bout de six mois de ménage, de nouveau un fruit lui fendait la matrice, un gros garçon qui lui donnait des joies, car elle savait à présent la souche de cette progéniture. Mais son lait avait tourné à l'aigre, le corps du gromiau s'était troué d'écrouelles, ils avaient souffert dans cette chair malsaine engendrée de leurs deux misères, et tout à coup un malheur l'avait achevée : une journée qu'elle buandait chez de petits rentiers du village, l'enfant, mal confié à une voisine surchargée de marmaille, avait chu dans des tessons de bouteilles, l'anus ouvert par où s'était écoulé tout son sang.

Depuis, l'éreintement du labeur quotidien avait amorti chez l'homme le feu charnel; une fraternité de compagnonnage avait remplacé l'aiguillon de la copulation; et elle se tourmentait du berceau vide, avec une voix en elle qui toujours lui reparlait d'un successeur au petit être décomposé, enterré là-bas sous les herbes du cimetière. Mais, puisqu'il ne voulait pas, elle lui garda sa foi tout de même, se reprenant, femme, à une virginité qu'elle n'avait pas eue, fille, habituée à la soumission, sans révolte contre cette virilité abolie qui ne la ferait plus germer.

On l'appelait la grande Lise; son nom, à lui, avait fini par se perdre dans un sobriquet : le Forgeu. Et comme il vivait sur une vingtaine de mots qu'il répétait constamment, il passait pour simple d'esprit.

Deux de ces mots s'appliquaient invariablement à l'idée de travailler, l'un qui était « forger », l'autre qui était « manœuvrer », mais avec une différence dans les significations, le premier employé pour les coups de collier, le second pour le labeur courant. Et toute l'activité de son intelligence sans cesse aboutissait à ces deux vocables qui suppléaient à tous les autres et dans lesquels se résumait la fatalité de sa condition d'ouvrier de la terre, toujours laborant et mis au monde pour toujours laborer. Jusqu'à quinze ans, il avait, chez le ferrant, ventilé la tuyère et tapé sur la bigorne. Le martèlement de la forge lui était resté dans la caboche, plus dure que le grès, à travers l'effacement de la petite enfance et de la puberté. Et c'était comme un peu de sa vie lointaine qui lui revenait dans le mot, grotesque à force d'être mis à toutes les sauces, dont, par dérision, on l'avait à la longue baptisé.

Une fois Jaumart, le fermier chez lequel voilà près d'un quart de siècle qu'il suait le sang et l'eau de sa guenille, lui ayant demandé pourquoi sa femelle demeurait brehaigne, il avait lâché cette réponse :

— D'z'efants! L'voudrait ben, c'te garce-là. Pour sûr é demande qu'à manœuvrer. Mais, que j'lui dit : « Manœuvre tout seule, si c'est ton plaisir. Tant qu'à moi, j'n'forgerai nin, j'n'veux nin forger. J'en ai assez d'taper à l'éfant. V'là ce qu'j'li dis. »

Maintenant, d'ailleurs, qu'ils avaient leur maison, avec le champ au bout, les poussées sourdes de la maternité la remuaient moins : le mal de chien qu'elle se donnait à casser la terre, à reclouer les ais disjoints, dans une dépense de force continuelle, momentanément obturait la plaie toujours vive. Les chevrons du toit s'étant consommés sous les averses, c'était elle qui, grimpée par la tabatière à ras des ardoises, avait substitué au bois pourri de la volige de la dernière coupe; elle avait aussi planté une haie au courtil, derrière l'habitation, redressé avec de la glaise et des moellons la hutte aux porcs, enduit de brai le pignon ouest contre lequel battaient les pluies, creusé un coin de l'aire pour y enfoncer les pieux d'une grange; et le reste du temps, elle avait défriché le champ, brouetté les caillasses, éventré la croûte de ce sol revêche où se rompaient ses bras. C'était chez tous deux une guerre sans trêve contre la terre marâtre, cette pierreuse matrice qu'il fallait ouvrir comme avec des forceps et qui toujours poussait en l'air des cailloux.

Depuis les six ans que le dernier occupant était parti, elle gisait à l'abandon, fermée à la blessure du soc, dans un état de jachère morte où plus rien n'avait poussé que du chardon, des orties, de la ronce, mais si profondément enracinés que la fourche et le hoyau n'en pouvaient avoir raison. Cependant, l'avant-dernière année, le Gosau avait essayé d'un plant de féveroles, dans de la décomposition de bête, une charretée putride de tripes animales. Et cet engrais roboratif un instant avait nourri le gésier affamé du champ qui s'était mis à verdir, dans une levée maigre sitôt après mangée par les chiendents voraces et les vesces parasites. A la fauche, on avait eu dix bottillons à peine, pas même un fourrage pour le râtelier, mais simplement de la litière sur laquelle on avait fait bouser les vaches. Et par milliers les taupes, les campagnoles, les mulots, les crapauds, les musaraignes, tout un grouillement baveux de limaces avaient élu domicile dans les sillons.

L'hiver entier se passa à recommencer la lutte ; jamais on n'en avait fini d'extirper les filaments du sous-sol ; c'était comme une forêt ramifiée en tous sens et qui s'enchevêtrait, drue, en des profondeurs de deux pieds. Et après les cailloux, toujours les cailloux, dans une marée montante, comme si une mer de pierre dût sortir par les fissures ouvertes à la bêche. Quelquefois, rarement, érénés, à bout de souffle, ils désespéraient ; un sort avait été jeté sur ce lieu désolé, une malédiction, peut-être celle des quatre Prussiens précipités dans le puits ; et l'inutilité de leur éternel effort leur donnait le regret de cette chevance inféconde. Puis, la défaillance passée, ils se reprenaient, d'un labeur plus opiniâtre, à verser leur sueur dans ce crible qui ne retenait rien Quand la neige tomba, comme des soldats ils rentrèrent au logis, mais pour fourbir leurs armes, les houes, les pelles, les râteaux, constamment démolis et dont le fer faisait feu sur le silex.

Dans la maison, un bel air d'ordre régnait. A rez-terre, en une grande chambre, la garbure mijotait sur le poêle, dans l'odeur sûrie des draps de lit; car c'était là aussi qu'ils couchaient. Et à côté, une pièce plus petite, éclairée par une fenêtre à barreaux, ouvrait sur le courtil : un vieil homme y logeait, une souche humaine desséchée et qui, sans sève, ne savait pas finir, le Caco, comme patoisaient les paysans, en moquerie des débordements de sa femme. Un escalier à pic menait sous le toit, où, avec des planches, on avait fait une troisième chambre, le reste servant de grenier. Et dans ce réduit pendaient les hardes, s'entassaient des coffres et des bannes, avec un berniquet éventré pour la graine. C'était toute l'habitation : une famille y avait poussé avant eux, huit enfants qui ne s'y étaient pas trouvés trop resserrés, un trou de chair par trou de pierre : et, à trois, ils y avaient des aises larges, sans risquer de se coudoyer.

Ce Caco qu'ils avaient pris avec eux était le père de la Lise, un ancien bûcheron à qui un arbre avait autrefois cassé trois côtes et qui, en outre, s'était rompu une jambe en croulant d'une haute branche ; bon à rien maintenant sous ses soixante-dix-huit ans, la tête et les mains secouées d'un perpétuel tremblement, avec une effrayante maigreur de grand vieillard debout. Comme il était très propre et touchait à la commune, une fois le mois, sur la caisse des pauvres, un denier de trois francs, ils l'avaient emménagé ainsi qu'un meuble vermoulu, guignant l'appoint de cette menue somme; et il demeurait là près d'eux, dans la chaleur du poêle, immobile, sans rien dire, ses deux mains ravineuses à plat sur ses genoux, pensant aux forêts laissées en arrière. Tous les premiers du mois,

il passait une blouse sur ses loques, s'en allait à la mairie
percevoir ses trois pièces blanches, traînant ses pieds
gourds, encore alourdis par d'énormes sabots rembourrés
de paille, deux bâtons dans les mains; et, il butinait aussi
en chemin quelques aumônes, deux sous chez le bourgmestre, un sou chez le Gosau, et des « cens » dans cinq
autres maisons.

Dans l'après-midi il rentrait, s'étant fait raser par le
barbier, un maçon qui régulièrement lui enlevait une
lanière de cuir, avec une légère bruine de sang pâle au
fil du rasoir. Et la mairie étant tout juste distante d'une
couple de portées de fusil, on pouvait calculer qu'il mettait à faire le trajet deux minutes par pas, contraint, en
outre, de s'arrêter tous les six pas, pour reprendre haleine.
Grêle, brouillards, guilées, rien ne pouvait l'arrêter ce
jour-là; cette barbe surtout le travaillait; et toujours, sur
sa peau de pachyderme, des picots de crin reparaissaient,
nourris d'on ne sait quoi, dans la mort des chyles. Tous
les autres barbiers de l'endroit avaient refusé sa pratique
successivement, à cause des bajoues sur lesquelles la
main était sans prises; mais le maçon, une poigne brutale, avait accepté. Et il se faisait payer deux centimes
le poil qu'il lui râclait.

Moyennant l'argent de la mairie, on le laissait sécréter
ses pituites dans l'âtre, graillonnant tout le jour avec un
bruit de chaînes rouillées au fond d'un coffre d'antique
horloge; et le matin il mastiquait d'un broiement circu-
laire de chèvre une tartine trempée de café, le midi mâ-
chait trois pommes de terre, jeûnait jusqu'au lendemain,
l'estomac atrophié, sans plus de besoins. Autour de lui,
c'était un silence continu; le Forgeu jamais ne l'inter-
pellait, ressentait un mépris froid, d'instinct, pour cette
force abdiquée, comme pour une charogne; mais quelquefois la Lise, bourrue, lui disait une brève parole, à
laquelle il répondait par un grognement, tous deux à la

longue ayant oublié la communauté du sang. Et pareil à
un tronc retenu en terre par les racines, mais de qui
l'écorce ne rajeunit plus dans les feuillées, il traînait son
bout de vie, paquet d'ossements ayant déjà de l'herbe de
cimetière aux narines.

A la mi-janvier, tout un pan du champ ayant été retourné, ils y versèrent, outre une couple de tombereaux
de fumure et de composts payés comptant, les déjections
de deux cochons qu'ils empâtaient. La terre mangea cette
graisse d'une goulée. Eux-mêmes s'épuisèrent alors en
défécations, toujours dans les latrines, râclant ensuite les
parois de la fosse. Malheureusement, leur nourriture,
avare, donnait peu de résidu; la grande Lise avait des
foires molles comme des pissats, et Caco, tous les cinq
jours, lâchait de petits cailloux semblables à de la crotte
de bique. Ils maraudèrent derrière les haies, ramas-
sèrent des fientes quelconques, avec les mains grattèrent
les poudrettes du pavé. Et constamment ils pétrissaient
la glèbe comme une pâte, gardant chez eux dans les ha-
bits une odeur nauséabonde de tinette; mais tout de
nouveau alla s'engloutir dans le sol anémique, sans profit.
Comme février finissait, ils façonnèrent les billons, lais-
sèrent filtrer les pluies et les neiges revenues, continuant
sur les routes la chasse au stercoraire.

Puis, aux alentours, les arbres se remplirent de pépie-
ments; une chaleur détendit les airs; il poussa des feuilles
aux épines de la haie; et le Forgeu, levé dès avant l'aube,
repiqua ses choux, planta ses pois, ses favelottes, ses
haricots enfin. Lise et lui, sans parler, eurent alors une
grande joie en dedans, qu'ils ne montraient pas : ces
germes, mis en terre dans le champ nourri d'eux, c'était
la possession définitive; la fructification viendrait ensuite:
et sans répit, ils le bourraient, oubliant résolument à
présent le commandement dominical dans une fureur de
lui faire rendre au centuple ce qu'ils lui avaient confié

de leur sueur et de leur vie. Partout, sous leur geste rythmé, vola la semence, une pluie de poussières blondes et grises qui s'abattait en long, en large ; et dans les soirs, ils marchaient, très grands, par arpentées régulières, comme va le faucheur en ses andains.

Le champ filait droit devant la maison, resserré entre des emblavures sur un espace de trente ares vingt-huit centiares. A gauche, un vieil orme marquait la limite ; de l'autre côté, des poiriers avaient poussé derrière une haie ; et à l'extrémité, un boulbène s'étendait où, à Pâques, s'installèrent des briquetiers. Tout de suite le Forgeu avait conçu une suspicion à l'égard de l'orme et des poiriers ; là-dessous, selon le temps, la terre demeurait ou trop sèche ou trop crue ; et il songeait que rien n'y germerait à cause de l'ombre. Chez eux, deux pommiers montaient aussi, l'un déjà vieux, avec d'énormes branches qui s'ébouriffaient au-dessus de la maison ; l'autre, plus petit, en plein milieu des plants, mais chacun de si fructueux rapport qu'il les tolérait, pour les cinq sacs de pommes qu'une certaine année ces fructifères avaient donnés au Gosau. Le fonds qui allait nourrir ses semailles, leur coulerait bien en surplus les sucs nécessaires. Toutefois il ne les lâchait pas de l'œil, les surveillait sournoisement, de peur d'un tour, ayant été obligé déjà de démolir à coups de briques un nid d'oisillons qui s'était mis dans le plus chenu, toute une bande de futurs robeurs dont les yeux ronds de là haut avaient guetté son œuvre de semeur. Il en avait massacré deux ; les autres, avec la mère et le père, avaient gagné les poiriers du voisin ; et il gardait une colère contre leur complicité qui favorisait la rapine, non contents de lui prendre son air.

Petit à petit cela tourna à une hostilité farouche, comme une haine d'homme à homme ; il les eût voulus fracassés par la foudre, rongés d'un mal secret ; et quand il passait près d'eux, son regard leur jetait la cognée.

Puis leur rondeur prit une gaîté de bouquet, sous les
floraisons roses et blanches; et comme ils le narguaient,
glorieux, avec un pullulement de moineaux à toutes
leurs ramures, le meurtre le hanta, il se mit à ruminer
des supplices qui les feraient crever. Et toujours ils semaient, plantaient, épierraient, concassant les mottes
entre leurs calus, pris d'un regret obscur de ne pouvoir
passer tout le champ au tamis. Cependant les pommes de
terre, oblongues, de l'espèce dite des Neuf semaines, com-
mençaient à lever, en lignes parallèles; un carré de betteraves se massait ensuite; et les choux, de suite après, dans
une fermentation de gadoue, toujours augmentée, poin-
taient verts et rouges, comme des volants de raquettes.
En deçà couraient les plants de pois, les haricots, les
carottes, les laitues, les chicorées, les panais, les salsifis,
en bandes symétriques, patiemment foulées. Et, aux endroits les plus pierreux, poussait de l'avoine, végétation
volontaire.

D'abord, la croissance avait été prospère; de proche
en proche le verdoiement gagnait; en tous sens l'aire
crevait sous le gonflement des graines; un acquiescement de la terre jusque-là rebelle et qui ne semblait
jamais assez repue, les payait de leur labeur. Entre
deux coups de force, l'un près de l'autre appuyés sur
leurs bêches, ils écoutaient monter un crépitement confus,
comme des vésicules éclatant à la surface d'un bour-
bier : c'était leur sueur qui enfantait, toute leur vie qui,
fermée du côté de l'enfant, germait là dans la montée
des sèves; et par la nuit tombée, muets, ils demeuraient,
sans penser, l'oreille tendue à ces musiques. Mais des
pluies abondantes churent en juin, et du sous-sol tout à
coup s'échappa derechef la mêlée hirsute des orties, des
vulpins, des cataires et des gratioles, l'ancienne forêt dont
ils avaient cru triompher et qui repoussait, débordée et
goulue.

Stupides, ils s'acharnèrent. Tout le jour à croupettes ou à genoux, la Lise, pendant qu'il besognait à la ferme, fouillait le sol pour extirper les racines; et, rentré, jusqu'à la dernière clarté lui-même s'échinait à son tour, tant qu'il distinguait ses mains parmi la terre brune. Ensuite, ils avaient des nuits mauvaises, cette misère du chiendent leur cassant la tête comme elle leur cassait leurs semis. Si vite qu'ils allaient, l'envahissement du parasite allait plus vite qu'eux; de la vesprée à l'aube, tout en était rempli. En même temps le terrain, tassé par les averses, de nouveau laissait percer le caillou, cet os de la carcasse intérieure. Sacré saint bon Dieu! Ça ne finirait donc jamais! Leur garce de guigne ne les lâcherait pas! Avant le chant du coq, ils étaient debout; de loin le garde-barrière de la ligne apercevait leur double silhouette grèle, dans la pâleur du matin pointant; et ils étaient tourmentés de leurs anciennes défaillances devant cette hargne obstinée du champ qui leur jetait ses pierres comme des insultes.

Puis un autre fléau les accabla : les poiriers du voisin, leurs propres pommiers décidément s'entendaient pour abriter un ramassis de fauvettes, de pinsons et de verdiers; par nuées, la moinaille s'abattait, becquetant la semence presque à mesure qu'ils la jetaient. Et ils durent inventer des ruses, fabriquèrent des mannequins en paille, attachèrent à des pieux des loques rouges dont le claquement dans le vent amusa les granivores, après les avoir d'abord mis en fuite. Il finit par installer des trébuchets et leur lâcha des coups de fusil. Alors seulement les guilleris s'enfoncèrent dans les feuillées, plus loin; un silence couvrit de deuil ce coin de pays sans oiseaux.

D'ailleurs maintenant, la canardière était toujours armée, à son clou, contre le mur; il la tenait de Jaumart, le censier, qui, bien avant les Lefaucheux, l'avait em-

ployée à ses exterminations ; et il aurait tiré sur les gens
tout comme il tirait sur les bêtes. En quinze jours il abattit six pigeons, trois poules, une cane qui obstinément
passait à travers la haie pour paître les jeunes salades.
Un chat du voisinage arrivait au baisser du jour, guettant les musaraignes et les grenouilles: mais comme il
grattait la terre après y avoir enfoui ses chiasses, le
plomb un soir l'abattit net. Et vers la fin du mois, il tua
aussi un setter superbe que ses maîtres lâchaient une
heure chaque jour et qui chassait par les cultures. C'était
une rage de massacre, la mort en sentinelle à chaque
bout du lopin. Puis une taupe boursoufla l'aire : pendant
des heures, sans bouger, rigide comme un roc, il l'atten-
dit, sa bêche dans les mains, et après quatre jours d'em-
buscade, un museau noir émergea, qu'il coupa en deux
d'un coup violent. Cette fois, il se crut à l'abri des dépré-
dations.

Mais brusquement les limaces se mirent dans les
choux, les poireaux s'infestèrent d'un ver minuscule
qui mangeait tout, une myriade d'imperceptibles mouches
piqua les haricots, et les échalottes étaient dévorées par
en dessous. Alors une battue s'organisa contre ces nouveaux ennemis, plus redoutables que les autres. Ils semèrent de la chaux, de la suie, les cendres du feu ; et à la
fraîche, ils écrasaient les loches et les limaces par cen-
taines. Toujours des humidités du sol il en montait des
légions; leurs baves engluaient toutes les feuilles ; c'était
comme la colère et le mépris du champ violé pour leur
peine jamais à bout. Et ils étaient très malheureux.

Cependant, autour de la terre méchante, dans les en-
clos prochains, une floraison universelle égayait la masse
dense des verdures : elle s'étendait en larges nappes,
comme les eaux d'un fleuve ; et, mornes, ils ouvraient
leurs narines aux aromes subtils de cette fermentation
qui était partout excepté chez eux. Ils reconnaissaient

l'odeur épicée de la pomme de terre, les fines effragrances
du pois, la balsamique senteur des prédommes, toutes
ensemble roulées par le vent dans la chaleur du soleil.
Au contraire, leur sol suait les purins mal bus, les
engrais insuffisamment décomposés, en des souffles fé-
tides qui empoisonnaient les jectisses vaseuses et les
humidités moisies des caveaux. A peine fleuris, les pois
s'étiolèrent; il vint aux haricots des cosses débiles; celles
des fèves de marais se recroquevillèrent. La germination
finie, leur terre retombait à ses fainéantises anciennes, à
cette torpeur lourde de friche qui, six ans à peu près durant,
l'avait laissée comme épuisée, dans la vie des autres. Rapidement, la sève s'était tarie; une chlorose incurable
semblait arrêter la fructification; et la Lise, les yeux
errants sur cette désolation, quelquefois pensait à son
ventre qui, comme le champ, ne devait plus concevoir.
Du village, le piaillement des petits enfants lui arrivait,
avec les gronderies des mères, et comme l'école n'était
pas éloignée, elle entendait aussi la douceur monotone
des voix épelant toutes à l'unisson l'alphabet. Dans la
maison régnait un ennui froid : l'air sans oiseaux continuait là, dans une paix noire de foyer sans couvée. Par
moment, le râle de Caco montait comme une fin d'a-
gonie, et à midi, sur ses deux bâtons, il se traînait jusqu'au seuil, allongeant au soleil l'ombre d'un arbre mort
sur la mort d'un cimetière.

La récolte fut misérable : sous l'orme et les poiriers,
une moisissure était venue, comme une lèpre: ils man-
quaient de légumes, et leurs pommiers, par surcroît, ne
rendirent pas un sac. C'était la famine pour l'hiver; et
en outre, ils ne pourraient solder l'annuité au propriétaire, ayant acheté le bien moyennant un premier ver-
sement, le reste payable d'année en année. Alors le Forgeu, qui n'était pas méchant, tourna à des humeurs sombres; pour se soulager, sans motif il tapa sur la Lise, et

elle accepta ses coups, passive comme une bête. Mais,

éprouvant le besoin de se vengersurquelqu'un, elle enleva au vieux une pomme de terre des trois qu'il mangeait; et jusqu'à la Toussaint il coucha, tremblant de froid, dans un grabat sans draps.

Puis la colère éparse de l'homme trouva un objet qui la concentra; si la terre avait caponné, la faute en était aux voisins dont les arbres lui mesuraient la brise et le soleil; et il jouissait de justifier par ce mau-

vais gré de l'orme et des poiriers la rancœur qu'il avait
contre leurs maîtres, plus heureux que lui dans leurs
sueurs. L'idée qui l'avait naguère hanté le posséda désormais entièrement : ruiner l'orgueilleuse santé de ces
troncs qui lui pompaient la subsistance de son clos et
dont l'insolence allait jusqu'à nouer leurs racines à son
tréfonds. Un minuit, après avoir à la veillée affûté un
hachereau, il quitta son lit, se coula dans les ténèbres et
de toutes ses forces frappa par six fois l'orme au pied,
l'entaillant d'une blessure profonde. Dans la nuit muette,
le bruit monta avec l'âme de l'arbre jusqu'aux étoiles ;
et tranquille à présent, il ramassa les éclats, haussa des
mottes de terre par dessus la plaie, alla se recoucher contre la Lise dormant à poings fermés. Un grand vent aurait raison de l'orme ou bien il sècherait comme un cadavre ; dans tous les cas, ses jours étaient comptés. Et à
quelque temps de là, de nouveau il sortit la nuit, n'ayant
rien dit à sa femme, par méfiance instinctive de la
femelle, bien que celle-là fût murée comme une tour.
Cette fois, il était nanti d'un énorme crampon très aigu,
qu'il enfonça à coups de maillet dans les poiriers, l'un
après l'autre, le retirant ensuite, comme un poignard
d'un trou de chair, pour laisser couler la vie. Et l'amertume de sa récolte manquée le tourmenta moins, maintenant que sa vengeance était accomplie.

Or, il advint ceci. A l'équinoxe d'automne, un ouragan,
deux jours et deux nuits, sévit si violent que les toits
s'enlevaient comme des feuilles, et le soir du second jour,
après un craquement horrible, le grand orme s'abattit,
fracassant un coin du pignon et écrasant les plants de
choux de toute sa hauteur. Du choc, la maison s'ébranla
comme sous un coup de tonnerre ; et blème, les dents en-
trechoquées, le Forgeu longtemps regarda tourbillonner
les nuées noires, soupçonnant au fond des cieux une Justice.

Jusqu'en mars suivant, ils prirent de la peine : c'était le même coup de collier sans fin de l'hiver antérieur. Puisque le champ les avait déçus, tout était à recommencer; et sans passer un jour, les dimanches compris, sauf les heures de la messe, ils remuaient la terre, sous les ondées, les grêles et les neiges, infatigables. D'un bout à l'autre, l'aire fut travaillée à une grande profondeur. A chaque coup de la houe, la houle des cailloux émergeait, petits et gros, comme si autrefois une rivière eût passé là; et les fibres des plantes gourmandes ressemblaient à des chevelures de femmes enterrées par tombereaux. Puis la fumaison derechef les couvrit de souillures des pieds à la tête : ils avaient acquis une vache en partie avec le produit des deux porcs gras; et deux nourrins étaient entrés dans la soute, qu'ils entonnaient du lait de la vache. A trois, les bêtes emplissaient le puisard, riches en excréments; mais pour rassasier le sol, un gouffre, ils continuaient à glaner les fientes le long des chemins. Quant a eux, mal nourris, la colique de misère au ventre, ils déflaquaient mollement; et ils étaient en outre rongés d'appréhensions sombres pour l'avenir.

Au reverdissement des feuilles, tous deux se virent maigres comme des clous, leur cuir collé sur les os, avec le relief saillant des vertèbres. Le Forgeu, dans les pluies, avait pris une vilaine toux qui lui raclait la gorge; la Lise était tenaillée par des crampes d'estomac; et quelquefois le Caco, moins démoli qu'eux, avec ses trois pommes de terre dans le gésier, sournoisement les regardait, se gaussant à l'idée qu'ils pourraient crever avant lui. Tout l'hiver ils s'étaient alimentés de « crompires » n'ayant mangé de la viande de porc que deux fois, à la Toussaint et à la Noël, avec des passées de chicorée pour unique boisson. Terrés dans leur maison, ils vivaient en dehors du reste du monde, sans voir personne, pas même leur famille, par crainte de la dépense. Et leur taciturnité était

devenue si grande qu'il en oubliait ses vingt mots, tout de
suite à court, la bouche bée, et que chez elle la voix tourna
à une raucité d'aboiement. Cependant il n'avait pas lâché
Jaumart, à cause du salaire sans lequel ils n'auraient pu
vivre. Mais il avait fallu payer l'annuité au Gosau, des
betteraves et du fourrage sec pour la vache, et le surplus
les laissant en une débine noire, à deux ils avaient traîné
le vieux sur la route pour mendier.

L'été qui vint, le champ ne décoléra pas : sa hargne
tenait bon ; un peu moins de cailloux seulement, et un
peu plus de mauvaises herbes ; et pour comble une jachère
leur souffla ses semences folles en tourbillons. Ils durent
batailler à nouveau contre les moineaux, les chenilles, les
limaces, les vers et les mouchettes, sans repos ; et ils sentaient sur eux l'ancienne malédiction toujours. Tout dans
les clos germait, levait, fleurissait ; la fructification battait
son plein ; et la même ombre de mort pesait sur leur labeur
inutile. Une fureur sombre ne les quitta plus ; pendant un
mois il évita la messe, jugeant la divinité vaine aux
hommes ; mais elle y alla pour lui, avec une ferveur plus
active. Et comme un jour il ventait, dérisoirement les
poiriers blessés leur jetèrent une volée de fruits dont s'ac-
commoda leur gueuserie.

Puis il pensa que peut-être il avait commis quelque
faute pour laquelle Dieu lui gardait un courroux ; et, très
pieux, il se confessa, communia, fréquenta exemplaire-
ment l'église, ce qui n'améliora rien. La vache, minée par
une stabulation prolongée, se gonfla d'une fausse graisse,
lâchant ses aliments en foire ; et comme le vert manquait, la Lise fut contrainte de la promener des jours
entiers, pâturant les orties des talus, sur la voirie. Cependant l'hiver fut un peu moins rude que le précédent, les
pommes de terre ayant donné un rendement honnête. Mais
la taure se mit à beugler jour et nuit, en proie à une tym-
panite ; on prévint le boucher qui, venu pour l'abattre, la

trouva crevée; et goulument ils mangèrent cette viande
morte, d'un sang pâle.

Enfin, la troisième année, après un labeur surhumain,
le champ parut se réconcilier: les plants germèrent dru;
ils vendaient à pleins boisseaux leurs pois: et leurs choux
rondirent comme des boules à quiller. Ce fut une détente
dans leur sauvagerie de vieux loups: il y eut des jours
où ils se parlèrent; la maison fut échaudée à neuf: et ils
avaient une joie de proie conquise à imprimer sur la terre
leur talon vainqueur. Les mauvais temps étaient passés:
ils allaient jouir de leur bien comme les autres; le Forgeu
guigna même une allonge à cette possession qui lui avait
tant coûté. Et ils étaient pleins d'estime pour le sol. Toutefois une défiance leur était demeurée; constamment ils
le surveillaient, redoutant une reprise des hostilités,
comme d'un ennemi terrassé, mais qui n'attend que le moment propice pour se redresser. Ils s'échinèrent l'arrière-
saison et l'hiver suivant à fouir, bêcher, drainer, herser,
en un métier de cheval qui les dessécha comme de
l'amadou.

Alors a bête maligne qu'ils soupçonnaient au fond du
champ fut matée. En deux ans ils désintéressèrent le
Gosau, intérêt et capital, : par-dessus la haie, des faces
havies se tendaient qui regardaient avec curiosité la levée magnifique des verdures; et ils finirent par regretter
leur ancienne haine contre la terre, au temps où elle les
décevait. Au soleil, le clos, gorgé d'engrais puissants,
bouillait, si pestilent qu'on en sentait l'odeur au loin. Ils
avaient repris une génisse: deux porcs avaient remplacé
les autres; et savamment ils répartissaient les bouses
froides et les déjections chaudes, selon les endroits.
Chaque automne, en outre, ils achetaient les vidanges
des maisons, ne jugeant jamais suffisante la dépense de la
graisse: et eux-mêmes, avec des aises, la chemise levée
dans le clair du jour, se lâchaient à même les cultures.

Leurs sabots s'enfonçaient là-dedans en une gélatine vis-
queuse qui, à la pluie, se diluait comme une sauce; ils
la pétrissaient à la bêche et à la main, toujours accrou-
pis dans cette putréfaction; et l'odeur montée de dessous
eux chatouillait leurs narines comme un fumet délicieux.
Maintenant le fonds les payait au centuple de leurs fatigues immenses; une genèse recommençait sans répit,
dans les ferments du sous-sol en décomposition; et ils
prodiguaient les semailles, fatiguant la bénévole ouvrière à une production forcenée.

Cependant, sous les floraisons, le courtil gardait son
air morne de cimetière : aucune gaîté n'y chantait; les
oiseaux en étaient bannis; et putride, tout gonflé d'haleines
monstrueuses il ressemblait à une lande morte, dans un
grand silence.

Les carnages s'y continuaient d'ailleurs : toute aile
qui passait était persillée par le plomb; des poules en
grande quantité disparaissaient des environs, qui s'en
vinrent périr là; et le Forgeu, tranquille, était comme
la figure du Massacre debout dans la nudité muette de la
terre.

Jusqu'à la joie des violiers, des lis jaunes, des églan-
tiers sauvages qui enfleuraient les autres jardins était
proscrite, pour ne pas faire d'ombre à la germination des
comestibles, comme nuisible et vaine. Puis le sol n'avait
pas trop de tout son suc pour son travail d'incessante
parturition, sans avoir encore à nourrir le luxe oisif des
parasites. Et c'était petit à petit chez l'homme comme
de l'attendrissement pour cette soumission de la terre,
jadis revêche et qui depuis ne se refusait jamais à la ges-
tation.

Une pitié lui venait devant son éternel labeur d'es-
clave; par moments, il avait le sentiment confus qu'elle
allait se révolter; et Caco mangeant toujours à midi ses
trois pommes de terre, il l'eût voulu couché près de l'en-

fant, sous les sapins, pour dégrever d'autant la complaisante nourricière.

Une nuit, il eut un rêve: il lui parut qu'il était devenu le champ lui-même et qu'un maître jaloux lui tirait des boyaux son dernier sang.

Des choux, des carottes, des betteraves, des pommes de terre lui sortaient du ventre, à travers un effort prodigieux; mais il n'était jamais à bout; une volonté despotique l'obligeait à engendrer sans relâche; et finalement ses viscères dégorgèrent, que le tourmenteur engloutissait.

Des affres mortelles le mouillaient; il sentit réellement l'agonie; et dans ses épreintes pour se vider de ses entrailles, brusquement il s'éveilla.

L'horrible songe ne s'en alla pas tout à fait: il en garda comme la perception d'un cri de souffrance monté de la terre jusqu'à lui. Et pour la soulager, un matin il rasa ses deux pommiers, l'un après l'autre, les punissant en même temps d'attirer les oiseaux.

Alors, cette fraîcheur des feuillages en moins, le champ apparut plus morne encore, devant la maison toute nue, sans ombre.

Mais il fut tourmenté bientôt par un autre ennui: une nuit les briquetiers lui emportèrent cinquante cabus magnifiques, d'une rafle; et les nuits suivantes, pendant deux semaines, il veilla, rôdant jusqu'au petit jour, dans la fétidité de la terre.

De temps en temps, il imitait l'aboiement d'un gros chien pour faire croire à la présence d'un gardien. Et comme la quinzième nuit, une forme tout à coup remua, noire, derrière les ramettes à pois, il tira, embusqué dans la haie.

L'ombre chut d'une fois avec un gémissement; et s'étant coulé jusque-là, il s'aperçut qu'il avait tué sa femme, sortie pour un besoin.

La préméditation ne put être établie : aux assises, après deux mois de prison, il fut acquitté.

Et tout de suite, il se remit à bêcher cette glèbe qu'ils avaient fécondée à deux, avec le remords sourd de la grande Lise, rude comme un cheval.

Puis, sa peine s'adoucit : il pensa qu'elle en moins, la terre aurait besoin d'un moindre effort pour les nourrir, Caco et lui.

Mais, comme la créature ne peut vivre sans un sentiment au cœur, l'espèce d'affection vague qu'il avait toujours eue pour sa compagnonne, se changea en une haine plus tenace pour l'ancien. Et celui-ci, tout seul maintenant des jours entiers dans la maison vide, quelquefois passait ses mains l'une sur l'autre à l'idée que ses prévisions s'étaient réalisées : un des deux l'avait précédé sous les ifs, et il sembla s'éterniser afin de pouvoir enterrer l'autre.

Cependant, un matin, le Forgeu n'entendant plus son râle, poussa la porte du réduit où il couchait, et le vit tout raide sur son grabat, la mâchoire tombée, sans souffle.

Alors, sentant le champ définitivement délivré, il eut un grand bonheur, n'en ayant connu qu'un plus grand, le jour où il en avait pris possession.

La femme partie, le père fou, les oiseaux sans trêve chassés, un tel silence plana autour de la maison qu'il se retournait par moment, croyant ouïr la Mort marcher sur ses talons. Et peut-être eût-il crevé très vieux entre deux sillons, sans une contestation qu'il eut à deux ans de là avec un voisin, le propriétaire des terrains à briques.

Celui-ci ayant obtenu gain de cause pour une emprise, soixante-deux pieds carrés, illégitimement appropriés, son ressentiment éclata une après-midi que l'homme s'était montré.

Il lui lâcha un coup de fusil, fut condamné aux travaux forcés et décéda en prison, du regret de son champ retombé en friche, là-bas.

Avril 1885.

LE PÈLERINAGE

LE PÈLERINAGE

A DEUX heures et demie, les vêpres ayant été dépêchées, le curé Bourdaille, un vieil homme bedonnant, le crâne nu comme une bille, et son vicaire, le petit Maigret, une tête maladive et jaune, sortirent de la sacristie, en surplis, leur livre de cantiques dans les mains. Déjà les trois enfants de chœur, vêtus de robes rouges trop longues, qui balayaient les dalles,

s'étaient rangés sous le porche, le plus grand dressant
la croix, ses deux mains à la hauteur du nez ; et près
d'eux, le sacristain, en surplis comme les prêtres, hâtive-
ment lévigeait une grosse pincée de tabac, parfumé à la
fève tonka, dont l'odeur se répandait. Dix fillettes, autant de jeunes filles, une ceinture bleue passée sur leurs
robes blanches, ensuite s'alignaient, l'air modeste.

Une des jeunes filles, brune, un duvet sur la lèvre,
portait la bannière de la Vierge, le torse rejeté en arrière, à cause du poids, et de chaque côté, deux fillettes,
bouclées comme des caniches, tenaient les glands, inter-
dites, très rouges. Au dehors, parmi les tombes et les
herbes du cimetière, une foule s'était massée, les femmes
en bonnets à fleurs ou à rubans, les hommes en sarraux
reluisants, tous hâlés et maigres, exhalant un relent
d'étables. Ceux-là se poussaient ; des mères se haussaient
sur la pointe des pieds : on se disait très haut les noms
des filles de la Vierge ; et un peu à part, un groupe de
dames notables s'abritait sous des ombrelles, avec des
figures grasses, moites dans cette chaleur lourde d'après-
midi. Des abat-sons du campanile tombait constamment
la volée des cloches ; un sonneur, pour être plus à l'aise,
avait mis habit bas ; l'autre, très long, semblait s'étirer à
mesure que la corde remontait. Et tout à coup, un mouvement fit osciller le monde ; c'étaient les enfants de
chœur qui sortaient ; leurs robes s'allumèrent dans le
soleil comme des feux ; puis la bannière parut, bleue et or,
dans la théorie des pucelles blanches ; et de suite après,
le curé et le vicaire s'avançaient, feuilletant leurs livres
pour trouver la page.

Alors, une bousculade confondit pendant un instant
toutes les classes, chacun voulant gagner les premiers
rangs ; des casquettes étaient confondues avec des cha-
peaux melons ; l'aristocratie fluctuait parmi les houles de
la plèbe ; et des protestations indignées s'élevèrent, cou-

vrant la voix de basse de Bourdaille, plus ronflante que
celle de Maigret, aigre comme une crécelle. Mais sur
la place, une sélection se rétablit, la racaille rétrograda,
une poussée générale remit les dames à la tête du cortège ;
et des fermiers cossus, quatre hobereaux en villégiature,
quelques messieurs fervents venus des autres villages,
marchaient dans leur sillon, plus près de Notre Seigneur
que les manants.

Chaque année, en mai, le dimanche après les Roga-
tions, la coutume était de pèleriner ainsi jusqu'à une
grotte célèbre dans le pays ; un ancien financier, comte
romain, l'avait édifiée dans son parc, à la croisière de
quatre allées de hêtres, en glorification de Notre-Dame
de Lourdes ; et un premier miracle, avorté, donnait l'espoir d'une suite de miracles définitifs. Malheureusement
la contrée était sans foi : aux dernières élections, l'ivraie
libérale avait étouffé le bon grain catholique ; peut-être
une secrète rancune de la Vierge reculerait pendant
quelque temps encore la manifestation des desseins cé-
lestes. Le matin même, au prône de la grand'messe,
Bourdaille avait développé ce thème dans son homélie.

Cependant la procession avait gagné la grande rue.
Deux semaines durant, chaque soir, les dix fillettes et les
dix jeunes filles étaient venues à l'église répéter les cantiques à la Vierge ; le curé en personne leur en avait in-
culqué les rythmes, battant la mesure comme un maître de
chant. Maintenant cette commune application trouvait sa
récompense. D'abord Bourdaille et Maigret disaient un
verset ; toutes répondaient ensuite à l'unisson ; et le sacristain, les enfants de chœur, les prêtres soutenaient de
leurs timbres plus forts ces voix grêles toujours sujettes
à s'égarer. Derrière, des paysans avaient tiré leurs cha-
pelets qui leur battaient les jambes ; de vieilles femmes,
les mains jointes, marmottaient entre leurs dents l'oraison
à la Vierge ; quelques dames lisaient dans leur livre

d'heures. Et toujours s'entendait la basse du curé, dominant les autres chants.

On passa devant les bureaux du percepteur des postes, la maison du receveur des contributions, l'étude du notaire. Mais tous trois professant des idées subversives, leurs portes demeuraient closes; et seulement, par le dessous des stores, des visages s'apercevaient, narquois, plaquant des blancheurs confuses. Puis des boutiques se succédèrent, les volets entre-clos par crainte du soleil qui aurait pu endommager la marchandise; et sur les seuils, des hommes retiraient leurs pipes, graves, nu-tête, des aïeules se signaient, les mains tremblantes, quelques enfants s'arrêtaient de téter des bâtons de sucre d'orge. Brusquement le curé enfla son bourdon; les syllabes grondaient avec colère sur ses lèvres tandis qu'il soufflait puissamment dans ses bajoues, comme un chat furieux; et le troupeau remarqua qu'il avait tourné la tête vers deux cabarets, rendez-vous habituel de la fraction indépendante du village. L'un avait pour enseigne une bête peinte en vermillon et s'appelait le *Cheval rouge;* l'autre, reconnaissable à un disque brillant, se nommait le *Soleil d'or;* mais le *Cheval rouge* seul possédait un billard dont, par les fenêtres ouvertes. on entendait s'entrechoquer les billes. Il vint une quinzaine de consommateurs sur les portes; les plus agressifs affectèrent de rire très haut, par mépris de ces mômeries publiques; deux conseillers sortis au dernier scrutin se contentèrent de hausser les épaules, sans rien dire; et tout à coup, le fils du receveur, un étudiant en médecine. très luron, se mit à rudir à pleins poumons, comme un âne véritable.

Plus loin, le café catholique, tout vide, arborait un drapeau; une vieille dévote, impotente, près de là s'était fait rouler dans son fauteuil jusque sur le trottoir: et la maison du bourgmestre ensuite fut aperçue, silencieuse, sans une âme aux fenêtres. Mais, comme on approchait

d'un sentier qui filait à travers champs, accourcissant le
trajet, Mathurin Ladrière, le meunier, et sa jeune femme
descendirent leur perron à double rampe, suivis de Célestin Michotte, un cousin par la mère de Bellotte, la
meunière. Visiblement ils s'étaient attardés à table, tous les
trois très rouges, les hommes surtout allumés d'un coup
de vin; et Mathurin, un barbon, gros, chenu, croche, avait
presque un air casseur, sous son chapeau de paille, fiché
obliquement. D'ailleurs, par la fenêtre de la chambre à
manger, ouverte, des traces de bombances se décelaient,
tout un rang de « cadavres » sur la table, avec les débris
d'un gâteau aux raisins, des verres de liqueur délaissés,
de larges taches de café et de vin maculant la nappe et les
serviettes.

Michotte, invité à dîner, était venu le matin, les avait
accompagnés à la messe, par condescendance, jusqu'à
midi avait été promené à travers le moulin, l'étable, l'é-
curie et la basse-cour. Même, pour l'amuser, Bellotte
avait commandé à Floupet, le farinier, un grand gnolle,
jambé de perches à haricots, de mettre en mouvement la
roue; ils étaient aussi montés au grenier, par une échelle
droite, si raide que la cousine avait manqué se renverser
sur lui; mais il l'avait soutenue par les hanches, sans
penser à mal; et là haut, tout seuls, leurs vêtements pou-
drés de farine, ils avaient éprouvé une courte gêne.

Puis la Pouillette, d'en bas avait crié que la soupière
était sur la table. Déjà Mathurin, la serviette nouée derrière la nuque, avait versé le potage; Michotte s'était
récrié alors sur l'abondance et la beauté de tout dans la
maison et les dépendances; et presque aussitôt une gaîté
leur avait fait raconter des histoires grasses. Célestin, un
esprité, nanti d'un bon emploi à la ville, dans une grande
librairie, s'ingéniait à des mots recherchés; le meunier
au contraire n'usait que de termes crus; et il eût voulu
obtenir du cousin la confidence de ses frasques.

— J'suis ben sûr que t'aurais long à nous bailler, gaillard! disait-il en bornoyant de son côté.

Malgré ses soixante ans, une paillardise le poussait aux choses graveleuses; plus jeune, il avait éparpillé ses amours; régulièrement ses servantes, toujours de jolies filles, avaient été grosses de ses œuvres; mais avec de l'argent il s'était évité les soucis de cette paternité nombreuse. Puis, un jour, vieillissant, le désir d'un ménage lui était venu, avec la goutte et les rhumatismes; un boulanger d'une commune voisine, mal en ses affaires, lui avait cédé sa fille moyennant l'abandon d'une créance; et le mariage conclu, il eut quelquefois le regret d'avoir amené dans son lit cette jeune femme ardente et brune de peau. Il y avait trois ans que la noce avait eu lieu, une frairie dont on parlait encore dans le pays, avec des amoncellements de victuailles, une tonne de vin soutirée au fur et à mesure dans des brocs, cinquante bouteilles de champagne et des voitures à deux chevaux, venues du chef-lieu du canton et menées grand'erre par des cochers en livrée. Poret, le fermier douillard et goguelu, avait bu à la santé des nouveaux conjoints en exprimant le vœu qu'on se retrouverait tous à un an de là au baptème. Mais celui-ci sembla remis indéfiniment. La semence du penard, qui avait si follement germé dans la terre illégitime, ne fructifiait plus, maintenant que le giron sacré de l'épouse la réclamait. Alors Isabelle s'alanguit en des mélancolies; elle avait pèleriné aux quatre coins de la contrée pour obtenir du ciel une gésine; et l'ennui de son ventre vide parfois la tourmentait d'idées malhonnêtes.

Au rôt, Mathurin, monté par le bourgogne, risqua cette plaisanterie: il était bien heureux, lui, Célestin, de n'avoir pas de femme; la sienne se rongeait sans trève de la pensée d'un enfant. Et il ajouta :

— Voyons, à son âge, ça se comprend-il? Avec ça que c'est amusant d'avoir un gnangnan toujours gueulant,

tétant, pissant sur les bras. Est-elle pas suffisamment
heureuse comme ça? Je lui donne ce qu'elle veut, des
robes, des bijoux, tout. Plus tard, elle aura un joli magot.
Faut tout d' même être raisonnable, pas vrai, cousin?

Michotte, embarrassé, balançait la tête sans répondre;
mais Bellotte qui avait écouté, un peu vergogneuse, le
sourcil froncé, en roulant du bout de l'index une boulette
de pain sur la nappe, dit tranquillement:

— Tant qu'à moi, j'suis ben sûre que le cousin com-
prend ça.

— Sans doute... c'est bien vrai... Mais...

Il cherchait une phrase qui eût concilié l'espérance
d'une postérité avec la difficulté de l'engendrer. Un
coup de genou sous la table l'arrêta dans cette ruse ingé-
nieuse. Et en même temps les yeux noirs d'Isabelle, posés
droit sur les siens, semblaient le supplier. Alors, sa per-
plexité grandissant, il lâcha une suite d'exclamations :

— Hé! hé!... certainement, c'est bien gentil, un enfant... surtout quand ça dit : Papa, maman... Ah! ah!
gentil!

Mais le meunier l'interrompit d'un gros rire :

— D'abord, on fait ce qu'on peut... Moi, j' veux tout ce
qu'elle veut... Si ça n' vient pas, c'est pas qu'on n'a pas
essayé. Pas vrai, meunière?

Et, ayant vidé d'une fois son rouge bord, il finit par
confesser qu'elle l'ennuyait depuis une semaine pour pé-
leriner ensemble à Notre-Dame de Lourdes. Bellotte eut
un haussement d'épaules, demi fâchée, demi riante.
C'était-il bête de dire ainsi ses affaires aux gens? Par
contenance, elle avait pris son verre et doucement l'agitait, attentive. Et Ladrière se justifia par un mot:

— Bah! en famille!

Puis, de nouveau sa hâblerie l'emporta : il avoua qu'il
n'avait pas grande confiance dans les vierges, dans celles-
là du moins; déjà elle avait intercédé auprès d'une demi-

douzaine; rien ne s'en était suivi. Et tout d'une fois, son
ventre remua dans une reprise de son hilarité.

— Après tout, faut pas se décourager. Nous irons tous
ensemble... ça va-t-il, cousin?

Michotte sentit que le genou de Bellotte s'appuyait
contre le sien, résolument; elle posa les deux coudes
sur la table, et le regardant bien en face, les yeux clairs
et froids :

— Oui, hein ?

Du moment qu'elle l'en priait, il acceptait. Mais tout
de même, ce serait drôle si l'enfant sortait de son chou au
bout de ce pèlerinage : comme il aurait intercédé avec
eux, une part lui reviendrait dans l'événement. La bou-
tade les amusa; Mathurin déclara qu'il mériterait tout le
moins le parrainage; mais Bellotte insinua que ce serait
peut-être se montrer content à trop bon marché. Et, ren-
versée sur le dos de la chaise, elle continuait à le dévi-
sager hardiment, son pied à présent appuyé sur le sien.

La Pouillette avait successivement apporté sur la table,
après le potage, du bœuf bouilli aux carottes, du veau
aux épinards, un poulet, quatre pigeons, ceux-ci accompagnés de pâte de pommes. A chaque service, Ladrière
allait prendre dans un coin de la chambre, une couple de
bouteilles qu'il débouchait lentement, avec le respect
d'un vin vieux; et constamment il remplissait les verres,
se fâchant quand Célestin, la tête déjà bouillante, retirait
le sien, par peur de se griser.

— C'est-i' qu'c' n'est point bon, que tu n' veux point
z'en boire?

Il avait ouvert son gilet, les jambes allongées. et, entre
les plats, amollissait, les mains croisées sur l'estomac,
plein de béatitude. Cependant des silences naissaient de
la digestion; Isabelle, les regards noyés, s'était remise à
rouler des mies de pain, avec une palpitation plus rapide
de ses seins lourds; et Michotte avait fini par lui prendre

la main qu'il tenait contre sa cuisse, sous la nappe. Puis
Mathurin parla céréales, cultures, récoltes; une de ses
terres, longtemps rebelle, avait enfin fructifié; et il vanta
le mâche-fer comme engrais, ayant en vain utilisé avant
celui-ci le plâtre, la chaux et le guano. Mais Célestin ne
l'écoutait plus, pensant à cette histoire d'alcôve dans laquelle le hasard l'avait jeté et qui toujours ramenait son
esprit à la concupiscence d'une belle fille amoureuse et
stérile.

Quand le meunier eut absorbé ses deux tasses de café,
une somnolence l'engourdit; il roula sa tête vers l'épaule,
les paupières mortes, ouvrant toute grande sa bouche; et
délibérément leurs mains enlacées se haussèrent jusque
sur la table. Ils ne cessaient pas de se regarder, souriants
tous deux, un grand sourire immobile qui les remuait.
Mais tout à coup les cloches sonnèrent pour la sortie de
la procession; de la cuisine Pouillette les avertit qu'il
était temps de se préparer; et en effet les cantiques leur
arrivaient de loin, très doux, comme une musique émanée
de leurs chairs désirantes. Alors il l'attira dans ses bras,
lui mangea la nuque voracement; un frisson la secouait;
elle se rejeta de côté, avec un souffle léger.

— Pas maintenant!

Et derechef la voix de la servante monta; jamais ils
ne seraient prêts pour quand la bannière passerait. Qu'est-
ce qu'ils avaient donc à s'attarder comme ça? Cette clameur réveilla Ladrière: il se frotta les yeux, regarda
Bellotte et le cousin, très graves, en place, les mains sur
la table; et d'un coup se remettant sur pieds, grasseya:

— En v'la une affaire! J'crois qu'j'ai pioncé... T'as pas
dû rigoler, cousin? Ma femme, c'est pas pour lui dire
des sottises, mais y a des fois qu'elle est pas farce du tout.

Michotte le rassura. S'ennuyer, lui? Ah bien non! Ils
avaient jaboté comme des pies. Même, ils seraient de-
meurés ainsi tout le reste du jour à causer sans s'aper-

cevoir de la longueur du temps. Et des rires leur passaient dans les prunelles, toutes vives d'une même chaleur.

Maintenant les chants se rapprochaient ; Bellotte reconnut distinctement la basse de Bourdaille. Les brides de son chapeau fixées d'un large nœud, elle se pencha par la fenêtre pour voir la foule s'avancer, derrière les prêtres et les filles de la Vierge. Son corps robuste et plein se moulait dans la soie de la robe, avec des hanches jeunes, déjà puissantes ; et Célestin conçut une rancune contre ce parent sénile qui les employait à son plaisir ; mais déjà Ladrière le frappait sur l'épaule, et confidentiellement, lui montrant du coin de l'œil cette croupe superbe :

— Tu pourras leur dire que la cousine est un fier morceau !

Sa gaîté lui revenait, après cette détente de la sieste ; il risqua une grivoiserie à propos des pèlerinages d'où les femmes quelquefois revenaient enceintes, sans que le Seigneur ni le mari eussent rien à y voir. Mais il n'osa pas l'exprimer tout haut, par ménagement pour Isabelle ; et, distrait, absorbé dans la contemplation de cette forme féminine, Michotte s'oublia dans un quiproquo :

— Un fier morceau, oui-dà !

Alors le bonhomme manqua s'érater, secoué d'un tel rire qu'il se tenait le bas-ventre,à deux mains. Il appela Bellotte :

— Tu ne sais pas, meunière? L'cousin, pour sûr qu'il a la berlue ! J'lui conte une blague, et i' m' répond que t'es un fier morceau !

— Permettez, fit Célestin.

— Y a pas d' permettez. C'est-i vrai qu' tu l'as dit, voyons?

Il l'avait pris par une boutonnière de son habit et le tiraillait, la face collée à la sienne, en trépignant, sans pouvoir se remettre.

Michotte avoua.

— Eh bien, c'est vrai, je l'ai dit et je le répète. La cousine ne m'en voudra
pas pour cela.

Elle parut flattée au
contraire, eut l'air
d'accepter le com-

pliment
avec mo-
destie ;
mais Ladrière demeura
convaincu qu'il avait joué
un bon tour à Célestin en
le faisant poser.

Les fillettes, Bourdaille,
la tête du cortège défi-
laient; une odeur de robes
fraîchement lessivées s'é-
tait insinuée parmi les re-
lents du bourgogne et du
café dans la chambre; et le
meunier traînait toujours, obligeant Michotte à trinquer
d'un dernier verre de cognac.

— Sans rancune, hein?

Il fallut que Bellotte le poussât dans le couloir ; Pouillette, accourue sur la porte pour le spectacle du pèlerinage, lui jeta un chapeau en travers de l'oreille, très vite ; et il perdit encore une minute à passer les boutons de son gilet. Enfin, ils descendirent à la rue.

D'abord le sentiment de la hiérarchie leur fit chercher une place dans les premiers rangs ; mais un respect pour la noblesse qui s'y étalait les retint ensuite ; et ils se poussèrent parmi les gens d'une condition moins considérable. Justement Poret, toujours gaillard, était là, avec d'autres fermiers ; il ne croyait pas non plus à l'efficacité des dévotions à Notre-Dame de Lourdes : seulement Bourdaille l'avait prié de ne pas manquer. Au fond, si ça ne faisait pas de bien, ça ne pouvait pas faire de mal. Et par taquinerie, sans méchanceté, il demanda à Ladrière si définitivement le baptême aurait lieu.

— Ça sera pour dans neuf mois ! rebèqua le meunier, en poussant le coude de Michotte. Pas vrai, cousin ?

— Dans neuf mois, oui.

Leurs voix se perdirent dans le bourdonnement des cantiques.

Chaque année, avant le pèlerinage, le curé et Maigret se partageaient le village ; ils allaient de porte en porte, réchauffant le zèle pour la Vierge miraculeuse : mais depuis les élections, celui-ci était moins grand, l'esprit de fronde et d'irréligiosité ayant ravagé les campagnes. Et un instant ils avaient redouté une abstention en masse des hommes, sûrs seulement du côté des femmes. Alors le comte romain avait promis de défrayer les plus récalcitrants : les vieillards d'un hospice, à deux lieues de là, avaient en outre été amenés par des équipages armoriés ; et près de deux cents personnes, gagnées à deniers comptants, s'étaient encore ajoutées aux ouailles dociles sur lesquelles comptait le pasteur. Quelquefois, sur un signe de Bourdaille, le clerc sortait de l'alignement, enfilait d'un coup d'œil rapide le ruban de la foule, puis venait renseigner son maître spirituel.

— V'là qu' la fin quitte seulement la place, m'sieu le curé.

— Combien qu'y en a bien à vue de nez, Saligaux?

— Oh! des cents et des cents. C'est noir de monde jusqu'au fond de la chaussée.

Et aussitôt après, la voix du vieux prêtre ronflait, plus bruyante, réconfortée par la joie du triomphe. C'était, en effet, une grosse partie que jouait l'Église; il s'agissait de confondre, par une vaste piété publique, les menées des libéraux dont l'arrogance menaçait d'entraîner les populations. Mais le succès dépassait les espérances : l'une après l'autre les maisons se vidaient dans ce fleuve humain coulant sur le pavé; devant l'importance de la manifestation, les indécis eux-mêmes étaient reconquis à un reste de ferveur. Et les cabarets à leur tour ayant suivi l'élan général, on vit s'intercaler parmi les visages sévères des vrais croyants, un nombre toujours croissant de faces goguenardes, venues là comme à une partie de plaisir.

Au moment où la queue de la colonne s'engageait dans le tournant du sentier, toute une bande sortit du café de la Jeunesse, un endroit mal vu des mères de famille, qu'une grosse femme, deux fois veuve déjà, n'avait pas su rendre honorable. Fripiat, une pratique, un grand diable aux trois quarts mangé par la noce et les filles, qui, sans métier défini, n'était jamais à court d'argent, les conduisait, tout enflammé d'eau-de-vie. Il avait gardé une dent contre Bourdaille; celui-ci, l'ayant un jour aperçu braies basses, dans les blés, avec la Joanne, une quadragénaire allouvie, les avait admonestés véhémentement en chaire. Maintenant Fripiat enveloppait le clergé entier dans la même rancune. D'ailleurs, partout où il était, régnait la joie; une kermesse n'eût pas paru complète sans lui; et les mauvais drôles du village, pleins d'admiration, l'avaient pris pour chef. Tous étaient présents : Gogo le Crollé, Pierre le Brochet, Phyrin le Rouchat, Joseph le Boulot, Dor la Bonne vie, le petit Michel, fils du riche Fiasse le fermier, surnommé Moutarde, à cause de son caractère irascible. Depuis une heure, ils gobelottaient, attendant la sortie des vêpres; et ils avaient raccolé quelque part une galupe, le Poirier, mi-idiote, sur laquelle se soulageaient les rouliers, dans les champs. A vingt ans la foudre l'avait frappée pendant qu'elle fauchait, servante chez Grupet le maire; un côté de son corps était demeuré paralysé; elle perdit à peu près la parole; et personne ne voulant plus l'occuper, l'habitude de se livrer aux passants lui avait valu son sobriquet, par moquerie de ses guibolles toujours en l'air. Mais elle buvait; le lucre de cette débauche misérable se dissipait dans les bouchons; presque chaque soir on la heurtait ivre derrière une haie; et le genièvre avait fini par la gonfler d'une graisse blème, oscillante. Fripiat nourrissait un plan : il avait promis au Poirier dix mastoques si, à un signal convenu, ses jupes se retroussaient; cette grosse somme l'eût rendue souple à tout; et pour mieux la rompre à leurs desseins, ils l'avaient hébétée en la guédant d'alcool.

Tout de suite on soupçonna une facétie grossière du drille; dès l'instant que Fripiat amenait cette guenipe, il y aurait matière à rire; et les hommes s'écrasaient pour leur faire place. Mais les femmes s'indignèrent; c'était une dérision intolérable; l'une d'elles, une virago, sabotière de son état, la poussa même violemment hors des rangs. Alors des huées s'élevèrent; Moutarde ramassa du crottin de cheval qu'il lança sur le bonnet de la commère; et comme elle rétrogradait vers lui, coupant à travers le flot en marche, le poing levé, une courte bagarre dérangea la gravité de la cérémonie.

Bourdaille ne s'aperçut de rien ; le ventre ballant, il trottinait à petits pas rapides, distrait parfois par la hauteur des blés, la densité des luzernes, la pousse superbe de la pomme de terre. L'an dernier, les grêles avaient persillé les trèfles ; la nielle s'était mise dans les froments ; le « crompire » avait universellement pourri sous les guilées ; et il jouissait du bel état actuel de la terre, pensant aussi à un lopin que le sacristain cultivait pour lui aux acculs du bois. Mais une chose le tourmentait ; jamais il n'avait pu se débarrasser d'un œil-de-perdrix, très gros, qu'il possédait à chaque pied ; il avait employé la joubarbe, des feuilles de lierre, du cornichon macéré dans du vinaigre, l'huile de colza, des onguents, inutilement ; et, par moment, quand la douleur cuisait, il sautillait avec un trémoussement de sa soutane derrière lui, comme une femme. A ses côtés, Maigret, rigide, les yeux rivés au texte sacré, sans un mouvement de la tête ni du corps, écrasait la poussière sous des enjambées majestueuses, lentes comme ses psalmodies ; il ignorait l'ennui des durillons et des cors ; son nasillement montait égal, soutenu, d'un rythme inaltéré. Au contraire, pendant les élancements, Bourdaille négligeait la mesure, détonait, une fois même sauta tout un verset. Et à la longue, cette tranquillité du vicaire l'exaspérant, il s'oublia à regarder avec envie ses pieds énormes, chaussés de souliers gauchis, dont le contrefort régulièrement soulevait le bas de sa robe.

Ce Maigret, d'ailleurs, l'attristait par une piété extraordinaire ; il avait la frugalité des ascètes, ne prenait à ses repas ni vin ni gloria, observait les jeûnes avec rigueur. Lui, Bourdaille, au rebours, aimait la bonne chère, très douillet, un peu goinfre ; et la vocation, chez Maigret, avait été si irrésistible que, tout petit, avant le séminaire, il disait la messe dans les lieux d'aisance, sa chemise tirée hors des culottes en imitation de l'aube, avec une

serviette tendue sur le siège, des chandelles plantées
dans des bouteilles en guise de cierges et des navets
vidés pour encensoirs,que des camarades gravement ba-
lançaient par-dessus ses génuflexions.

A droite et à gauche, la campagne se déroulait verte,
magnifique ; quelquefois le clocher de l'église se déro-
bait derrière un vallonnement ; il émergeait ensuite, dominant les toits rouges ; mais bientôt on cessa de les
voir, le village s'enfonça dans la reculée. Alors une ligne
de bois commença à ourler l'horizon, toute noire dans
la clarté aveuglante du soleil ; c'était là que la grotte
avait été érigée ; et le fastueux comte romain, comme
pour honorer la reine des cieux par des possessions ma-
térielles, avait aussi acheté un tenant de cent hectares à
l'entour. Une recrudescence d'ardeur stimula les vieilles
gens ; Bourdaille ne se sentit plus autant supplicié par
son infirmité ; les gosiers altérés des filles de la Vierge
firent un suprême effort. D'abord elles avaient chanté
avec justesse ; les yeux baissés, toutes raides dans
leurs robes blanches tombant à plis droits, elles s'étaient
conformées à la recommandation du curé qui les avait
exhortées à ne penser qu'à la divine Marie. Mais petit à
petit la gloriole les avait étourdies ; aux portes, aux fenè-
tres, des parents, des connaissances se les montraient de
la main ; chacune, dès ce moment, ne songea plus qu'à
faire admirer sa voix ; les plus petites surtout, poussaient
des cris perçants ; et d'autres fois une grande s'entendait
toute seule, dans le silence des autres.

— Une — deusse — trois, répétait le sacristain, appuyant la mesure avec la tête, pour les mettre d'accord.

Bourdaille, de son côté, tâchait de les ramener par les
éclats de sa basse. L'inutilité de son enseignement le na-
vrait. Il était tenté de fondre sur elles en remuant les
sourcils, terrible, tel qu'il apparaissait aux écoliers du
catéchisme. Puis la déroute éclata, complète, d'autant

plus cruelle pour lui qu'elle sévit devant la maison de
Grupet, son antagoniste, le chef des libéraux. A présent
elles brouillaient les stances; quelques-unes, à bout de
mémoire, émettaient seulement des sons, sans paroles;
et il n'eut plus qu'un espoir: atténuer l'effet de cette débandade par la puissance de son organe, combiné avec
celui du sacristain et des enfants de chœur. Malheureusement Saligaux versait avec obstination dans un bémol
lamentable; et des trois petits drôles, l'un était constamment en avance sur le chant, l'autre au contraire toujours
s'attardait, le troisième, une chique de tabac dans la
bouche, à tout bout de champ s'interrompait pour saliver.
Bourdaille à la fin, fut lui-même emporté dans la dé-
bâcle; et son infortune s'accroissait du dépit qu'aux
écoles communales, les élèves solfiaient sans anicroches.
Près de lui, cependant, Maigret, impassible, seul semblait avoir gardé la notion de la mesure.

C'était l'habitude que les femmes processionnassent
ensemble; les hommes se groupaient derrière; mais la
noblesse affectait de déroger à cet usage, les dames et les
messieurs marchant dans le même rang. Et Michotte
tâcha de communiquer à Ladrière son indignation au sujet de cette inégalité qui perpétuait la différence des conditions. Il eût souhaité se rapprocher de Bellotte, qui les
précédait, dépassant ses voisines de sa haute taille: un
bout de son profil, aperçu par instants, quand elle tournait à demi la tête, lui rendait la sensation des baisers
qu'il y avait mis tout à l'heure, et il la trouvait très belle,
les épaules larges et pleines, avec le balancement lent des
hanches qui lui coulait des chaleurs dans les entrailles.
Mais le meunier tenait pour la coutume; après tout, les
seigneurs avaient des droits que les autres ne possédaient
pas; et il ajouta sentencieusement qu'une décence plus
grande résultait de la séparation des sexes.

Alors Célestin manœuvra discrètement; Poret s'étant

baissé pour ramasser un peu de monnaie tombée de son
gousset, on l'aidait à chercher les sous dans la poussière;
et il profita de ce temps d'arrêt pour se glisser plus près
de sa cousine. Une odeur de pommade à la bergamote,
dont elle s'enduisait les cheveux, irritait ses narines; il
apercevait distinctement la spire d'une mèche dans sa
nuque, sous le chapeau; et la pensée qu'elle pèlerinait
pour la fructification de son ventre le rendant libidineux,
il était tenté d'allonger la main jusqu'à sa ceinture, à
travers les femmes qui les séparaient. Quelle idée aussi
avait eue ce vieux Mathurin d'épouser une pareille jeunesse! Le sang, tari chez lui, roulait à gros bouillons dans
ce torse jeune, chauffé d'un perpétuel désir. Elle eût dû
se choisir un matou puissant en vue des accouple-
ments féconds; mais alors il n'aurait pas conçu l'espoir
de mordre à sa chair; et la certitude d'un cocuage prochain lui rendait son parent plus cher.

Puis, le sentier obliqua à gauche, presque aussitôt dé-
boucha sur le pavé d'une chaussée, bordée de maisons.
Une cinquantaine de paysans, massés sur la porte d'un
cabaret, attendaient là le passage du cortège. Fripiat et sa
séquelle ayant reconnu des camarades, une poussée se
produisit; on les appelait; des quolibets étaient échangés;
et des femmes, sorties des maisons, essayaient vainement
de se faufiler parmi le bataillon des cottes et des bonnets.
Il leur fallut se confondre avec les hommes; mais tout de
suite les mains se pendirent après leurs gorges; des pin-
çades les prenaient en flanc; elles étaient obligées de se
débattre contre des étreintes. Et Bourdaille, ayant ouï du
côté de la queue une rumeur inquiétante, tourna la tête
sans voir autre chose que cette masse noire, profonde
qui traînait sur ses talons.

Une courte pause avait succédé aux premiers cantiques;
maintenant, tout le pèlerinage allait accompagner le chant
nouveau, des strophes immémorialement connues; et les

fillettes, les prêtres, les enfants de chœur reprenaient haleine, sans salive, les bouches poissées. On vit Saligaux le sacristain, tirer de dessous son surplis sa tabatière et l'offrir au curé. Celui-ci, la boîte dans les doigts, commença par rouler lentement le tabac, puis s'en bourra les narines, avec une série de reniflements voluptueux, et ensuite il tendit la tabatière à Maigret qui d'un mouvement de tête refusa. Bourdaille, mécontent, haussa les épaules. Derrière lui, un bourdonnement labial ressemblait au bruit d'une nuée de hannetons paissant les feuillages; c'étaient les vieilles femmes dont les bouches continuaient à s'agiter en des mussitations machinales; et ce long murmure par moments s'assoupissait dans la monotonie d'un piétinement sans trève.

Un spectacle toutefois diminua sensiblement la piété. La veille, le pays avait été battu par des culs-de-jatte, des manchots, des boîteux, des aveugles arrivés des villes et des campagnes; la plupart avaient passé la nuit dans les haies, les bois, les fossés, loin des habitations de peur des chiens de garde; et dès le matin, la bande entière s'était échelonnée, occupant les accotements de la chaussée dans toute sa longueur. Il y en avait qui montraient des bras terminés en moignon, des orbites dévorées par la chassie, des tibias rongés d'ulcères; une larve humaine, dans une écuelle de bois, se traînait au moyen de fers à polir; un homme avait remonté un bout de pantalons sur les sutures d'une jambe coupée à mi-cuisse, et des femmes çà et là découvraient des mamelles ravagées par des cancers. Une émulation existait entre tous pour la beauté et l'étendue de leurs infirmités; une mère qui exhibait son enfant hydropique n'était pas même considérée; mais on enviait une espèce de colosse, les membres athlétiques, dont la face, écharnée par des chancres, imitait une tête de mort. Celui-là s'était mis en plein soleil, pour être mieux vu; un flux vert, putride, lui dégouttait d'un trou profond qui avait remplacé le nez; et constamment il meuglait comme un bœuf, une main tendue, et de l'autre chassant les mouches qui tourbillonnaient sur sa décomposition. Chacun d'ailleurs psalmodiait un appel à la charité, toujours le même, avec un chevrotement plaintif. Quelquefois, toutes les voix se mêlant, on cessait d'entendre les ariettes d'un aveugle à croupetons contre un arbre et râclant d'un aigre crincrin, un écriteau devant lui. Mais, un peu plus loin, la chaussée tout à coup prit un air de kermesse. Un tir à la chandelle s'était installé contre un talus; des marchandes de pain d'épice avaient monté des tréteaux ; deux tourniquets se faisaient concurrence, l'un où l'on gagnait des caramels, du sucre de pomme, des gimblettes; l'autre qui s'alimentait d'un commerce de statuettes de la Vierge; et près des charrettes qui avaient amené le matériel, des molosses aboyaient, attachés par des chaînes.

Bourdaille comprit qu'une diversion était nécessaire aux curiosités de son troupeau; jamais l'affluence des malandrins n'avait été aussi considérable; ces grossiers divertissements de ducasse aussi nuisaient au prestige de la cérémonie; et il les attribua au mauvais gré des libéraux. Mais des exclamations de pitié et d'horreur montaient, la file s'espaça, des cœurs charitables traversèrent la chaussée pour faire l'aumône à la Tête de mort. Il n'était que temps de rallier les brebis, sous peine de les voir se disperser. Alors il expuma avec force un gluau, toussa pour s'éclaircir la voix, et enflant ses poumons, entonna le cantique :

« C'est le mois de Mari-e
« C'est le mois le plus beau,
« A la vierge chéri-e
« Disons un chant nouveau.

Immédiatement les petites filles furent prêtes; elles ouvraient très grandes leurs bouches; mais la fatigue, la

chaleur, l'épuisement des sucs salivaires amincissaient
leur chant, déjà gracile; et d'autre part, une mollesse attardait les enfants de chœur dans les syllabes finales, bien que
Bourdaille scandât avec énergie le rythme, ponctuant la
mesure d'un coup de tête. D'abord une légère hésitation
avait semblé paralyser l'élan des pèlerins; de la part des
personnes de la classe élevée, surtout, il y eut comme un
accord tacite pour ne pas participer à cette musique un
peu puérile; des villageois même résistaient mal à une
tentation de se gausser; et la première strophe mourut
dans un bourdonnement confus.

Cependant la basse-taille du curé ronfla de nouveau,
stimulant les timides par sa vigueur :

> « Ornons le sanctuai-re
> « De nos plus belles fleurs,
> « Offrons à notre mè-re
> « Et nos chants et nos chœurs

Du coup, les voix s'enhardirent; le chœur prenait par
traînées; les femmes surtout se reconnaissaient à leurs glapissements; et tout d'une fois, Fripiat et les siens, à
l'autre bout, gueulèrent à tue-tête des obscénités, sur
l'air du cantique. Mais comme ils passaient devant le cul-
de-jatte et l'homme aux jambes coupées, Moutarde imagina de jeter à la gribouillette de la menuaille sur
la chaussée. Une bagarre en résulta. Tous se ruaient
jusque dans les pieds de la foule, forcenés; un amauroti-
que brusquement retrouva la vue pour disputer une pièce
de deux centimes à un béquillard; le crapoussin à l'écuelle
ramait à larges brassées rez terre; et une femme soudain
poussa un cri, ayant senti dans ses jupes la Tête de mort,
renâclant, la main posée sur un sol. Brusquement la querelle tourna à une batterie en règle : Dor la Bonne-Vie,
trouvant le jeu plaisant, à son tour venait de lancer une
poignée de cuivre dans le vide. Ils se culbutaient, à plat

ventre sur le pavé, fouillant la poussière ; l'amputé espa-
donnait de son béquillon ; une rixe mit aux prises
un manicrot et la mère de l'hydropique ; et l'odeur de
leurs maladies empuantissait l'air, comme l'approche
d'un charnier.

Un épisode inattendu porta à son comble la gaîté
des mutins. Allumée à la vue de l'argent, le Poirier
s'était élancée ; mais au moment où elle se baissait, le
cul-de-jatte rapidement lui avait passé les mains entre les
rotules ; et elle roula sur le dos, dans une posture indé-
cente. Puis Dor s'amusa à les exciter l'un contre l'autre
comme des chiens ; elle avait accroché l'infirme par les
cheveux : et l'œil torve, ivre de colère et de douleur, il
la fessait de ses battoirs, très larges. Un cercle s'était
formé, qui regardait gigotter la dossière, sans dégoût
pour son sexe malpropre. Mais des hommes pieux pro-
testèrent : c'était un outrage à la chasteté de la Vierge ;
et un fabricien, soupçonné d'un commerce clandestin
avec cette créature dégradée, la dégagea, d'un coup de
pied lancé dans les reins du nabot.

Là-bas, Bourdaille, ignorant du scandale, entamait la
troisième strophe :

> « De la saison nouvel-le
> « On vante les bienfaits,
> « Marie est bien plus bel-le,
> « Plus doux sont ses attraits. »

Maintenant le chant se déchaînait général, effroyable-
ment discord ; une ménagerie de singes, de chacals, de
chats sauvages eût semblé harmonique par comparai-
son ; des fois, la piété s'exaltant, une fureur haussait le
diapason des voix, comme dans une mêlée. Bellotte, avec
un sourire, se tourna tout à coup vers Célestin.

— Vous ne chantez pas, cousin ?

— Si fait !

Et amoureusement il lui souffla dans le cou les deux
derniers vers tronqués :

« La cousine est bien plus bel-le,
« Plus doux sont ses attraits.

Elle s'était laissé dépasser par les femmes qui la sui-
vaient; à présent il sentait s'appuyer à lui la rondeur
charnue de ses épaules ; des ruses le travaillèrent pour
la détacher du pèlerinage, fuir ensemble dans les bois.
En même temps il imaginait des drôleries pour l'égayer :
à deux ils se moquèrent du chapelet, long comme une
aune de boudin, qu'un vieux paysan égrenait, abêti de
foi et de misère. Finalement, s'aventurant à une plaisanterie plus épaisse, il lui demanda si quelque symptôme
ne l'avertissait pas encore d'un miracle prochain; et elle
ne détestait pas la hardiesse de son geste et de son regard.

Des deux côtés de la chaussée, les champs de nouveau
s'allongeaient, alternant les verdures pâles des froments
avec les touffes sombres des plants de pommes de
terre. Une poussière, immobile comme un nuage d'or,
planait sur le banderolement de la procession; en tête, la
bannière de Marie se balançait, pareille à un très gros
bleuet; et les robes blanches des fillettes, soulevées par
la brise, ensuite battaient l'air comme des ailes de papil-
lons. Une galopée de poulains apeurés les amusa de
leurs gambades comiques, derrière un échalier où ils pâ-
turaient. D'autres fois, des vaches tendaient leurs visages
placides, avec de longs mugissements ; et elle lui reparla
de ses aumailles, préférant le séjour de la campagne aux
villes. Mais il s'exclama : elle ne connaissait pas Paris,
la merveille du monde; les bouillons Duval surtout l'auraient enthousiasmée; et il l'assura que pour deux francs
on y dînait très bien, café compris, avec une primeur
pour dessert. Pourquoi Ladrière ne la conduisait-il pas
voir l'Exposition universelle? Un lapin vivant entrait

dans un engrenage et à l'autre bout sortait chapeau ou gibelotte, à volonté. Cette bourde qu'il avait lue dans un journal, causa un saisissement à Bellotte ; elle n'y aurait pas cru sans son attestation ; et il lui réitéra la chose, très sérieux, en remuant la tête de bas en haut. Alors elle lui confessa un désir : elle aurait voulu être garçon ; ils auraient voyagé ensemble ; mais peut-être il l'eût trouvée trop bête, une villageoise !

— Pas du tout. Il n'y en a pas à la ville qui vous valent.

— Merci pour le compliment !

Elle se plaignit ensuite de Mathurin qui ne la conduisait nulle part ; ce mariage s'était fait contre son gré ; rien ne lui manquait et elle n'était pas heureuse.

— Je sais, le petit !

Elle fit signe que oui et les yeux errants, ajouta :

— Puis encore autre chose !

Ces chuchotements, coulés à l'oreille, les grisaient ; une même langueur leur donnait le goût de s'asseoir l'un près de l'autre dans un endroit solitaire ; et l'accablement lourd du soleil s'ajoutant à la fermentation du vin dans leur sang, ils avaient les joues en feu, tous deux également. Le meunier, cependant, vantait à Poret les mérites du cousin ; à vingt et un ans, il gagnait déjà ses deux mille francs ; plus tard il ferait les affaires à son compte ; et une fierté le dilatait, pour cette parenté avec un garçon d'avenir. Mais le fermier caressait une spéculation : il s'était acheté récemment du bien et, pour couvrir la dépense, espérait céder à Mathurin six hectares de récoltes sur pied. Ladrière ayant vanté l'état des céréales, il répondit :

— Tout ça ne vaut pas mes champs. Faudrait voir.

Et il lui fit ses offres.

Autour d'eux les vieilles gens étaient pris de lassitude ; la longueur de la marche usait les forces ; successivement trois pensionnaires des hospices avaient été obligés de se

reposer au bord de la route ; et les autres traînaient, les
jambes veules. A la queue, Fripiat, l'air contrit, sans
rire, hurlait toujours des mots cyniques ; Moutarde, par
rivalité, imitait l'aboiement du chien ; et Joseph le Crollé
avait eu l'idée de se faire suivre par l'aveugle grattant son
violon. Pendant les pauses, entre deux strophes, le grin-
cement rêche de l'archet sur les cordes s'entendait avec
le meuglement horrible de la Tête de mort et les appels
glapissants du boiteux ; la convoitise d'un gain les avait
aussi entraînés ; et comme un crapaud monstrueux, le
cul-de-jatte, à la suite, bondissait appuyé sur ses fers.

De plus en plus ces agissements irrespectueux semèrent
la déroute dans les esprits. Ceux qui tout à l'heure avaient
récriminé ne résistaient pas toujours à la contagion du
rire ; des filles, secouées par l'hilarité, laissaient aller leur
urine sous elles ; et Bourdaille, à la longue, finissait par
redouter comme le souffle d'un vent mauvais sur cette
partie de sa procession, dont il percevait, mais vaguement,
le lointain tumulte. D'ailleurs, chez la plupart, les ferments
de la bière et du genièvre travaillaient ; cette chauffe de
soleil à plomb agitait la cuvée des estomacs ; en outre,
comme pour donner raison à Ladrière, une luxure résultait du tassement des mâles et des femelles.

Heureusement on entrait dans les bois du comte. Une
ombre glauque s'abattit des feuillages, verdissant les
faces ; la marche s'étouffa dans le sable mou d'une grande
allée ; et, les chants s'étant interrompus, la foule, recuite
au brasier des chemins sans arbres, humait bruyamment
la moiteur fraîche des taillis. Mais des industriels avaient
attendu le cortège au passage ; un homme portait sur
l'épaule un mât garni de petits moulins en papier, dont
les ailes tournaient ; des femmes se levèrent qui offraient
des verres de liqueur ; et un marchand de coco, sa fon-
taine accrochée par des bretelles, agitait un carillon de
sonnettes perpétuellement.

— Attention! c'est le moment du miracle, fit Michotte s'obstinant dans cette gaudriole.

Un sourire étrange détendit les lèvres de la Bellotte; sa gorge se soulevait puissante et régulière; elle l'enveloppa dans un grand regard tranquille :

— Pourquoi pas?

Puis ce regard se perdit dans la direction de Mathurin, mesurant la distance qui les séparait.

Une sueur perlait dans sa nuque: du doigt, elle détacha sa chemisette qui adhérait à la peau; et Célestin aspira son âcre fumet de brune, à travers l'odeur salace des jeunes feuilles. Tout à coup les premiers rangs stationnèrent : c'était le noble seigneur et sa famille qui arrivaient au devant des prêtres. Entre les têtes, dans le fond, la grotte se montra, très haute, en pierres de roche; une chapelle dans un enfoncement, était fermée par un grillage; et des luminaires brûlaient à l'intérieur en grand nombre, parmi des jonchées de fleurs coûteuses. Alors une poussée de la foule faillit les séparer; on s'écrasait pour être plus près du lieu bénit; mais elle lui ceignit la taille à deux bras, avec force, l'irritant des pointes fermes de ses seins. D'ailleurs l'affolement grandissait; des galops battaient les fourrés, aux deux côtés de l'allée; une vieille femme fut piétinée sous leurs yeux; et doucement il cherchait à l'entraîner vers le silence.

— Viens.

Elle le supplia ; elle voulait avant tout intercéder auprès de la Vierge; et il vit qu'elle croyait à la vertu miraculeuse de Notre-Dame de Lourdes. A coups d'épaules ils se frayèrent un chemin à travers la bousculade, enfin arrivèrent en vue de la grotte; et tout d'une fois l'assistance ayant fléchi les jarrets, ils se tinrent l'un près de l'autre, agenouillés. Puis Bourdaille et Maigret entonnèrent un dernier chant auquel les enfants de chœur répondaient seuls : une grande paix s'était établie qui ne

fut interrompue d'abord que par le tintement des sonnettes du marchand de coco ; et inopinément des clameurs
furieuses retentirent : c'était le Poirier qui, pour gagner
ses dix mastoques, se troussait publiquement, les fesses
tournées à la grotte.

En une seconde, elle fut roulée ; des talons lui fracas-
sèrent les mâchoires ; les femmes surtout l'auraient mise
en morceaux ; et Fripiat, craignant une méchante affaire,
précipitamment détala avec ses galvaudeux, tous riant à
gorge déployée. Cependant une réelle piété s'était emparée
des pélerins ; chacun élevait ses adorations vers la
patronne miséricordieuse ; des valétudinaires lui deman-
daient le retour à la santé ; des mères l'invoquaient pour
leurs familles ; et, au frémissement de sa bouche, Célestin
s'aperçut que Bellotte confondait sa dévotion à toutes les
autres. Dans sa niche, la statuette ainsi vénérée se dressait,
impassible, en stuc peinturluré d'or et d'azur, parmi le
vacillement des cierges.

Le cantique terminé, Bourdaille élargit sa bénédiction
par dessus les fronts ; mais un subit aiguillon de son cor
diminua la majesté du geste ; et la sérénité de Maigret,
rigide à ses côtés, l'inclina à l'idée de se chausser désormais de barquettes vastes comme les siennes. Toutefois
il domina la douleur pour accomplir jusqu'au bout sa
mission ; on le vit escalader les blocs rocheux, gagner
une pierre plus haute que les autres, se moucher lentement. Il patrocina ensuite. C'était par une dévotion
constante que les personnes présentes obtiendraient
les bonnes grâces de la Vierge ; la prière des lèvres
n'était rien, si on ne mettait ses actes d'accord avec la
piété extérieure ; il fallait biner la vigne à la sueur de sa
chair, afin d'en récolter les fruits. Et Célestin, rapportant
cette parole à la ferveur particulière qui avait animé sa
parente, la poussa du coude comme pour l'exhorter à la
méditation. Bourdaille eût parlé longtemps sans l'inat-

tention manifeste des fidèles; on trouva l'homélie fastidieuse après la longueur de la cérémonie; il dépêcha la péroraison et descendit.

Alors Michotte n'eut plus qu'une idée : dépister Ladrière qui allait se mettre à leur recherche. Mais Poret ne le lâchait pas, lui vantait constamment ses récoltes, et le meunier, sur le point de conclure, était pris d'un scrupule, relativement au prix. Tous deux, nez à nez, élevaient la voix, discutant parmi les bourrades des rustres pressés de s'en aller. Maintenant, un besoin de secouer cette flemme dominicale poussait les hommes en hâte vers les cabarets; sur la chaussée, les marchandes de liqueur furent assaillies; et l'histoire de Poirier s'étant répandue, une luxure s'allumait, qui traqua les filles par les sentiers. Tout à coup les groupes refluèrent devant les prêtres qui regagnaient l'église avec les enfants de chœur, la bannière, l'escorte des robes blanches; une centaine de femmes marchaient derrière, le reste du pèlerinage s'étant dispersé; et Bourdaille jeta un regard sévère sur la campagne, toute noire de la débandade de ses paroissiens.

— M'est avis que la meunière a tiré par ci avec le cousin, dit Floupet à la Pouillette en lui montrant de l'œil une robe de soie noire que le soleil moirait d'un luisant, au bras d'une redingote brun-marron. Sûrement, c'est qu'i z'ont des choses à s'dire. Ben, Pouillette, si on tirait par là, nous deusse?

Aux Pâques dernières, une promesse de mariage avait été échangée entre eux, l'un et l'autre s'étant connus au moulin, où cet enfariné de Floupet, goffe et niquedouille, mais honnête garçon, moulait le grain depuis dix ans. Et comme ils passaient près du meunier, à l'orée du bois, ils entendirent Poret qui disait :

— Ben, voyons, là, ça tient-il?

— Tope! répondit Ladrière, en abattant la main dans la paume du fermier.

Le marché conclu, il pensa à sa femme. Qu'est-ce qu'elle pouvait être devenue avec Michotte?

Derrière eux, l'allée s'allongeait vide, sans plus personne. Ils attendirent encore un instant, puis Mathurin se frappa le front, éclairé:

— Biesse que j'suis. I'seront retournés au moulin.

Mais deux heures plus tard, ni Bellotte ni Célestin n'étaient rentrés.

Peut-être ils s'étaient attardés en visites; la meunière avait dans le village une parentèle où il semblait possible qu'elle eût conduit le cousin. Et il ne déplaisait pas à Ladrière qu'elle tirât vanité d'un garçon si estimable.

Toutefois, leur absence s'éternisant, une mélancolie le prit devant un bourgogne très vieux qu'il avait monté de la cave pour le déguster ensemble.

Un cri partit de la porte; Pouillette venait de les apercevoir au bout de la chaussée, cheminant à l'aise; même la meunière, en cheveux, balançait son chapeau par les brides; et près d'elle, Michotte s'éventait avec son mouchoir, nonchalants et las tous deux.

Alors, planté sur le seuil, il les incita à se dépêcher, les bras tournoyants, comme des ailes de moulin.

Sa gaîté lui revenait; ce pèlerinage duquel Bellotte attendait une grossesse, surtout l'agaillardissait; on allait en dire de salées. Et tout de suite, quand la porte fut refermée, goguenard, avec un rire énorme, il se posta devant eux.

Du coup, ça y était, hein? Mais Célestin ne comprenant pas, il lui secoua le bras.

— Ben, oui, sot que t'es là! le Miracle!

A quelques mois de là, le ventre de Bellotte gonfla; enfin elle accoucha d'un garçon. Mathurin ne vit pas d'empêchement à le baptiser du nom de Célestin et Michotte fut parrain. Les bonnes femmes attribuèrent cette gésine inespérée à une protection spéciale de Notre Dame de Lourdes.

Et Ladrière ne se moqua plus des pèlerinages.

Mai 1885.

LES PIDOUX ET LES COLASSE

LES PIDOUX ET LES COLASSE

Une querelle s'éleva entre les Pidoux
et les Colasse.

Ceux-ci avaient acheté, il y a six
mois environ, une maison et son champ
au curé Corvillaine, pasteur d'une commune voisine. Les Pidoux possédaient
la leur de tout temps, Michel Pidoux
l'ayant héritée de ses parents. Et une
ruelle, large d'un mètre au plus, séparait seulement

leurs habitations, l'une et l'autre sises sur une butte dominant la route provinciale, avec un sentier qui passait devant toutes deux. Mais, tandis que la maison des Colasse, petite, quatre chambres seulement, gardait une apparence médiocre, le logis des Pidoux, tout en rez-de-chaussée, trois fenêtres de chaque côté de la porte, semblait presque trop grand pour eux. Deux pièces demeuraient toujours fermées, sans emploi; ils avaient aussi un salon où régnait l'acajou; et leur cuisine, spacieuse, avec de nombreux ustensiles, exhalait une odeur de bonnes nourritures. Au contraire, chez les Colasse, devenus propriétaires à force d'épargne, l'existence était mesquine; laborieusement, avec le salaire du père, ouvrier dans une sucrerie voisine, et le gain des enfants, un garçon de vingt-deux ans, bûcheron de son état, et une fille de dix-neuf, qui s'employait à buander dans le village, ils essayaient de boucher le trou par où était parti l'argent de la maison. Tous les quatre, une fois la semaine, le dimanche, mangeaient du porc, se susentant le reste du temps, de pain et de pommes de terre.

D'abord les deux ménages vécurent en bonne intelligence, chacun chez soi, avec le sentiment d'une inégalité dans leurs conditions. Au fond, les Colasse jalousaient l'abondance des Pidoux, et ces derniers, troublés par ce nouveau voisinage dans leur silence de vieilles gens sans enfants, quelquefois étaient pris de mélancolie. L'ancien voisin, un jardinier âgé, très farouche, les laissait en paix, du moins, leur disant à peine bonjour et bonsoir. Lui mort, le logis était resté sans habitants pendant près de deux ans, ce qui les avait accommodés. Et brusquement l'arrivée des Colasse, toute une famille, les avait dérangés dans leurs habitudes. C'était trop de monde à la fois, du bruit, des allées et venues, un tapage de vaisselles remuées. La mère, une chipie, toujours chamaillait; le père, il est vrai, se distinguait par sa bonace ; mais la fille n'était pas un modèle de douceur ; et certains jours, le gars, rentré saoul, menaçait de tout saccager.

Encore, si dès leur arrivée ils n'avaient pas transgressé leurs limites. Les Pidoux, en vertu d'un droit lointain, s'attribuaient la possession du sentier dans toute sa longueur, avec la jouissance toutefois, pour les Colasse, de la partie qui dévalait par chez eux, mais de celle-là uniquement ; et cette question du sentier avait son importance. Du côté des Colasse, il accourcissait le chemin pour se rendre au village ; mais du côté des Pidoux il abrégeait le trajet pour aller au ruisseau. Et les Colasse, tout de suite, s'étaient mis à couper par là, librement, quand ils avaient à puiser de l'eau ou à baigner leurs légumes. La nécessité d'une explication s'imposa.

Comme Colasse le père, de son petit nom Pierre, traversait un soir, des scilles dans les mains, Michel Pidoux, monté par la grosse Joanne, sa femme, l'interpella, debout sur son seuil :

— Eh ! Colasse, c'est pas qu'on voudrait t'faire de la peine, mais le chemin de ce côté, c'est à nous seuls. Faudrait pas y venir trop souvent, là !

L'autre déposa ses seaux à terre, demeura un instant sans répondre, interdit, et enfin les mots se firent jour.

— De quoi? que le chemin serait à toi pu qu'à moi?

— Ben sûr !

Et le Pidoux remuait la tête de haut en bas, avec détermination. Alors, devant cette assurance, Pierre, repris à sa taciturnité, haussa les épaules, empoigna ses deux scilles et descendit au ruisseau. Il possédait une grosse tête, crépue et grise, autrefois avait été réputé pour ses poings énormes, mais la femelle avait limé sa force. Et docilement il fit, pour regagner la maison, le grand tour par la chaussée. A sa rentrée, la Lalie, comme on appelait la Colasse, hogna aigrement : où était-il resté si long-

temps? Il y avait un quart d'heure qu'il était parti; on
était à rien faire, les pouces en l'air, en l'attendant. Et
il rejeta la faute sur Michel Pidoux.

— Paraît que l'chemin est à eusse, de leur côté. C'est
lui qui m'la dit. Et j'ai remonté par la route.

Mais elle éclata, furieuse, les bras croisés :

— I' t'en a minti!

— Hen! pou'quoi qu'i mintirait, c't' homme?

— Quand j' t' dis qu'il en a minti, grosse biesse que
t'es là !

Et il accepta l'épithète comme il avait accepté l'obser-
vation de Pidoux, sans rechigner, avec son mouvement
résigné d'épaules.

— P't' et' ben! A voir!

Une colère passa dans la maison : c'était la mère qui
bousculait tout, mauvaise. Elle tapait du poing sur la
table, appelait les hommes des coïons, tant qu'ils étaient,
finalement giffla Phrasie, la fille, pour une pincée de chicorée répandue. Elle avait été très belle, d'une beauté
agressive, les cheveux noirs, un grand œil vif, le nez
recourbé en rostre ; mais le travail et la maternité l'avaient
cassée, ne lui laissant plus que de grands traits, dans
une maigreur de la peau tirée sur les os. Et quelquefois
les rhumatismes l'immobilisaient, toute raide, dans l'âtre.

Le lendemain matin, malgré la fatigue, elle alla elle-
même au ruisseau. Au moment où elle passait devant
les Pidoux, Michel de nouveau apparut sur le pas de la
porte. Et sans se fâcher, il lui dit :

— Ça n'est pas honnête, mame Colasse, de venir ainsi
chez les gens. C'est i que nous allons dans vot' champ,
nous? Non, est-ce pas? Pou'quoi alors que vous marchez
où ça n' vous appartient pas?

Elle mit ses poings sur les hanches, et plantée devant
lui, très haut cria qu'elle prenait le chemin qui lui plai-
sait. D'ailleurs, le sentier était à eux aussi bien qu'à lui.

Mais il hocha la tête.

— Pou ça, non ; le chemin va avec la maison, comme l' petit doigt va avec le grand. N' dites pas que c'est pas vrai. J' dis ce qu'i g'na et pas aut' chose.

Il parlait avec calme, les mains derrière le dos, en homme qui a la conscience de son droit. Jamais personne ne s'était mis en travers de la jouissance de leur bien ; même le père Pidoux, en son temps, avait fait empierrer le sentier ; mais de l'herbe avait poussé par-dessus ; et cependant, en grattant, on aurait encore trouvé le pavé.

Allors elle lui demanda ses titres de propriété. Mais il se mit à rire. Des titres ! Bon à eux tout nouveaux dans la possession de leur chevance, d'en avoir ! Et qu'est-ce qu'ils en auraient fait de leurs titres ? Tout le monde savait qu'ils étaient les maîtres de leur champ et de leur maison. D'ailleurs le fonds était aux Pidoux de père en fils ; son vieux y était mort : son grand-père aussi : on ne savait plus quel Pidoux l'avait exploité le premier. Et il remuait les épaules d'un air de dédain.

— C'est pas tout ça, rognonna la Lalie. Oùs qu'i sont vos papiers ? Faut qu'ça soit couché dessus pou qu'ça soit, ou ça n'est pas.

Elle s'était rapprochée de lui, les yeux allumés, et constamment faisait le geste d'écrire de l'index de sa main droite dans la paume de sa main gauche, ses deux seaux abandonnés derrière elle, sur le chemin. Comme Michel, piqué au fond, mais toujours placide, dodelinait la tête, cherchant en soi de nouveaux arguments, tout à coup la Joanne qui, en train de biner ses choux, de loin avait entendu les voix, arriva toute pantoisée, roulant son gros ventre :

— Lalie, faudrait pas faire des manières. L' sentier est à nous par ci, et même qu'il est un petit peu aussi à nous par là, pisque l' sentier, qu'on t'a dit, va avec la maison !

Et de la main elle montrait la bande de terre qui descendait le long des Colasse, ses bajoues, vastes, tremblantes comme des tranches de gélatine. Mais les glapissements de la Colasse redoublèrent, plus aigres.

— Ah! ben, en v'là une affaire à c't'heure. Faudrait p't'être que j' vo' laisse passer quand nôs autres, on n' pourrait pas?

La Joanne eut un grand mouvement, la tête en arrière, le bras avancé comme pour attester.

— C'est not'droit.

Mais ce mot qu'on lui jetait perpétuellement, exaspéra la Lalie.

— Vot' droit! v'là ous que je l' mets, vot' droit!

Elle leur avait tourné le dos et de toutes ses forces frappait ses reins secs qui sonnèrent comme du bois.

— Sale truie! cria alors la Pidoux, hors d'elle. Si c'est qu'ça t'chatouille à ton cul, t'as qu'à t'aller t'gratter chez toi!

Et sur ce mot, la dispute s'envenima. Maintenant la Colasse ne lâchait plus prise, mordant en cette chair de femme grasse à pleines dents, le poing tendu, sa face décomposée par la fureur.

— Chameau! publique! il est plus propre que l'tien, mon cul. On sait bien c'que t'en as fait, de ton cul, va, et qu't'as gagné ta vie avec, avant de faire la madame avec ton vieux salaud de Pidoux.

Pendant une demi-heure, elles s'injurièrent; du monde s'était ameuté; et Michel par moments s'interposait, rabroué par toutes deux, tout pâle, sans colère. A la fin le garde champêtre, qui passait, les sépara; et il conseilla aux Pidoux de faire dresser procès-verbal si, comme ils le disaient, ils se croyaient lésés dans leur bien. Mais sur le seuil de sa maison, la Colasse continuait ses gueulées, s'en prenant maintenant à l'agent qu'elle défiait, comme elle avait défié la Joanne et son mari. Un

procès-verbal ! elle s'en fichait ; rien ne l'empêcherait de
couper par leur chemin ; on verrait bien de quel côté
était le droit.

Tout le reste de la semaine, les Colasse battirent le
sentier de leurs déambulations sans trêve ; Félicien, le
fils, en une soirée, alla puiser au ruisseau dix seaux
qu'il répandit à moitié devant leur porte ; et le lendemain il repassa avec une brouette six fois de suite, en
sifflant, par bravade. Puis, une après-midi, la Lalie,
très lentement se mit à circuler, tenant en laisse sa chèvre
qui paissait. Alors une rage prit les Pidoux Michel,
petit, sans épaules, une peau blanche de campagnard
oisif, n'aurait pas osé s'attaquer ouvertement aux Colasse, mais cacha dans sa cuisine le garde champêtre qui,
ayant constaté de ses yeux le délit, verbalisa.

Ils furent condamnés à quelques francs d'amende.
Pierre, ce jour-là, était parti seul pour le chef-lieu du
canton, résidence du juge de paix, stylé par la Lalie.
Toute la nuit, elle l'avait empêché de dormir, ruminant
des outrages aux Pidoux qu'elle lui commanda de répéter à l'audience ; mais devant le juge, sa mémoire
tourna, il perdit le fil de ses idées, ne trouva plus qu'un
mot, dans lequel il mit toutes les colères de la maison.

— C'est des canailles !

Et comme il quittait le prétoire, un rire sournois, une
sorte de gloussement en dedans partit à ses côtés. C'était
Michel Pidoux qui, plein de courage à cause de la présence du commissaire de police, le narguait, piété sur
ses ergots, comme un coq. Dans l'humiliation de sa défaite, il ne trouva rien à dire, très rouge, les oreilles cor-
nantes encore des paroles du magistrat. Mais dans la
rue, Félicien et Phrasie, envoyés par Lalie pour savoir
plus tôt le résultat, l'accrochèrent ; et du coup la mémoire lui revenant, il lâcha dans le vide la bordée d'injures qu'il aurait dû dire un quart d'heure plus tôt.

Puis à trois, le garçou régalant, ils allèrent boire une chope dans un cabaret, tous silencieux maintenant, sous le poids lourd de la condamnation. Félicien, une fois seulement, déclara qu'il fallait tout casser chez les voisins. A quoi Phrasie, avec sa ruse de femme, répondit que ce serait bête, qu'il valait mieux attendre une occasion et qu'on les repincerait. Le père, lui, tassé dans ses épaules, fumait sans rien dire, pensant aux explications prochaines avec Lalie.

Le retour fut piteux : d'aussi loin qu'elle les vit, embusquée derrière sa haie, sur la butte, la mère leur cria :

— Ben quoi?

Ils haussaient les épaules, Félicien et Phrasie devant, Pierre marchant quinaud derrière eux; et tout de suite, avant qu'ils eussent ouvert la bouche, elle devina que les Pidoux triomphaient. Alors sa grogne éclata contre ce pleutre d'homme, qui, bien sûr, avait canné; et à coups de poings dans les côtes, elle le poussa dans la maison, les yeux flambants comme des braises. Pendant une semaine, il pantela sous ses assauts; même la nuit, sur l'oreiller, elle le harcelait; et il ne répliquait pas, jugeant toute parole inutile. Ensuite ils se concertèrent : ça ne pouvait se passer comme ça; il fallait montrer à ces charognes qu'on les bravait et la justice pareillement; et tous les quatre, enfermés, porte close, pour que le bruit des voix ne se répandît point au dehors, ils ne sortaient plus, ruminant des vengeances.

Chez les Pidoux, un calme s'était fait. A présent que les Colasse étaient matés, ils se reprenaient à leur vie ancienne, remuant leur champ, tranquillement. En bras de chemise, une couffe trouée sur la tête, Michel suait au soleil, matin et soir, sans regarder chez eux, mais c'était assez qu'il fût là, et sa douceur même leur semblait une provocation.

De derrière la haie qui séparait les deux champs, la

Lalie le regardait aller et venir, la gorge râclée des injures qu'elle retenait, avec un rouge éclair des prunelles sous le rebroussement de ses sourcils. Et une fois elle ne put se dominer, lui cria : — Vieux cocu! à pleins poumons, toute droite sous le midi, une pierre dans chaque main, s'il rebéquait. Mais il n'eut point l'air de prendre l'épithète pour lui, et courbé sur un plant de carottes qu'il sarclait, ne releva pas seulement le nez. Un peu plus de haine entra dans le cœur de la Lalie, devant ce silence qu'il laissait tomber sur elle comme du mépris. La grosse Joanne cependant, plus agressive que son mari, se plantait des demi-jours entiers dans le chemin, son chemin, campée sur ses hanches, les mains vides, par besoin de les dépiter; et comme elle leur tournait obstinément le dos, cet énorme derrière qui leur bouchait la vue finit par les exaspérer au point qu'ils l'auraient voulu démolir à coups de briques.

Une chose porta leur rancune à son comble : un matin, Bourrache, le menuisier, fut aperçu, clouant une palissade en travers du sentier; et au milieu de la palissade, une porte s'ouvrait, fixée par un loquet, du côté des Pidoux. C'était une idée de la Joanne, comme une barrière qu'elle mettait aux envahissements des voisins et en même temps le symbole matériel de son droit. Michel, toujours pacifique, avait essayé de la dissuader; les Colasse recommenceraient leurs hostilités; on en aurait pour la vie à se chamailler. Mais, redevenue belliqueuse dans la monotonie de son existence casanière, elle avait passé outre. Et dans l'après-midi, Bourrache ayant fixé son dernier clou, détala, ses outils sous le bras, largement arrosé de bière.

Tout le jour la Lalie demeura cachée derrière son rideau, mangeant des yeux cette palissade insolente, avec le bruit du marteau de Bourrache en sa chair; et dans le soir, tout à coup la palissade grandit, noire, comme une porte de prison. Puis Pierre rentra du travail; Phrasie, qui rentrait aussi, jeta ses sabots dans le coin, aimant sentir le froid du carreau sous ses pieds; et le pas de Félicien s'attardait, tandis qu'immobile, il regardait se dresser la clôture. Alors leur hargne à tous creva; Lalie, un quart d'heure entier, mastiqua une pomme de terre qu'elle ne parvenait pas à avaler; et le père, entre deux bouchées, frappa de son couteau la table, disant :

— Faut la fout' à bas!

— J'y vas! s'écria aussitôt Félicien, debout, laissant là sa gamelle.

Mais la prudence de Phrasie, cette fois encore, le calma : il fallait attendre la nuit; personne ne les verrait; ça serait bien plus drôle quand le lendemain, au saut du lit, les Pidoux trouveraient leur machine démolie. Et la mère, ayant enfin achevé sa manducation, lui donna raison, si travaillée par la colère que les mots ne sortaient pas, comme si la pomme de terre lui fût restée en travers de la gorge. Chez les Pidoux, un grand silence régnait; après ce coup d'autorité, ils éprouvaient une lassitude, reposés, même Michel, qui à présent admirait l'énergie de sa femme, dans la satisfaction d'une grosse œuvre accomplie. Et, vers dix heures, sous la lune déjà haute, Félicien s'étant avancé pieds déchaux jusqu'au palis, un ronflement fort passa par les joints des volets, avec un autre plus grêle dans lequel il crut discerner le souffle pauvre de l'homme. Au chant du coq, Pidoux, toujours réveillé le premier, se coula hors des draps, de dessous l'immense corps de la Joanne qui l'obstruait, et selon sa coutume, ayant passé ses grègues, alla se satisfaire près de la haie. Mais il eut une secousse, ne put achever : à rez terre, dans la pâleur brumeuse du petit jour, le lattis gisait, déraciné.

Bourrache, le lendemain, se remit à l'œuvre; pour édifier plus solidement la palissade, il enfonça les mon-

tants à près d'un pied et demi ; et pendant quelque temps,
les Colasse demeurèrent cois, n'ayant pas l'air d'apercevoir cette clôture qui repoussait. Déjà les Pidoux se congratulaient : leur ténacité tranquille avait opéré mieux que
la violence; c'en était fait du mauvais gré de cette peautraille. Et de nouveau ils virent qu'ils s'étaient trompés : .
comme l'autre fois, Michel s'étant levé à pointe d'aube,
un matin aperçut la barrière sur le sol, mais sciée par
le bas.

Alors Bourrache s'acharna, rivalisant de ruse avec les
démolisseurs, de moitié dans l'affront; il équarrit des
montants neufs, d'une épaisseur double, qu'il fixa en
terre au moyen de briquaille ; et il n'avait pas fini de travailler à la tombée du jour.

Les Pidoux veillèrent cette nuit-là, derrière leurs volets clos, un en moins qui était resté entrebâillé ; et
Joanne, pour plus de sûreté s'était armée d'une fourchefière. Mais les arbres se remplirent d'un égosillement
d'oiseaux, dans le crépuscule matinal, sans que rien eût
bougé chez les Colasse. Et quand la clôture fut achevée,
vers midi, la grosse Pidoux tira la porte, soufflant dans
ses bajoues, lentement descendit la partie du chemin qui
dévalait le versant de la bosse, devant la maison des ennemis. C'était la première fois qu'elle se hasardait par là,
depuis leurs disputes : elle allait les mains derrière le
dos, à petits pas de propriétaire, en une rage froide de les
braver, forte de son droit; et Michel, qui n'avait pas osé
la suivre, de son seuil la regardait quelquefois s'arrêter,
plantée dans le paysage, comme un tronc d'arbre.

Un instant la silhouette de Lalie se dressa derrière la
vitre, menaçante; puis Félicien doucement gagna le
jardin, et le logis retomba à son immobilité. Mais, comme
Joanne remontait le chemin, ses vastes mamelles secouées
à chaque pas, avec le tangage de ses hanches massives,
une pierre l'atteignit dans cette circonférence de lune

qu'elle tournait opiniâtrement vers eux. Et, les poings tendus, hors d'elle, la bouche largement béante dans le ballottement de ses joues, elle invectivait la maison muette sous le soleil à pic. A la fin la Lalie qui se tournait le sang, ouvrit la porte, à bout de patience, toute hérissée, un seau plein d'eau dans les mains, qu'elle lui lâcha en travers des jupes, avec des vociférations. Il y eut un moment où leurs voix ne se distinguèrent plus l'une de l'autre; toutes deux, nez à nez, les poings sur les hanches dans le milieu du sentier, s'invectivaient abominablement; et soudain Joanne à pleine main rafla une bouse de vache qui alla s'écraser sur la face de la Colasse. Les hommes, sur le pas des maisons, regardaient, bras croisés, sans prendre parti dans la querelle.

Puis, pour la quatrième fois, la barrière alla joncher le sol. Pour les Colasse, c'était comme une bête mauvaise, animée du souffle détesté des Pidoux, et qui, coupée au pied, régulièrement relevait les cornes avec une force de vie incompressible. Du côté des Pidoux, une obstination s'en mêlait; ils eussent épuisé leur bien pour la maintenir debout, par orgueil, jactance, sentiment de leur droit ahonni. Et Joanne, devant ce désastre de la clôture toujours emportée, finit par penser à une haute grille en fer, à pointes de lances, comme dans les parcs des seigneurs. Mais le maréchal les effraya par l'élévation du prix; et ils se résignèrent à n'avoir qu'un grillage médiocre, sans pique, à hauteur d'appui.

Dans le village, l'histoire de leurs dissensions était commentée, les uns, gens à l'aise, tenant pour les Pidoux et le respect de la propriété, les autres inclinant vers les Colasse et la protestation contre les abus de la possession. Entre chien et loup, après la journée de travail, des paysans venaient fumer par là leur pipe, postés en contre-bas de la butte, les yeux sur cet ouvrage forgé, qui définitivement parut réduire l'arrogance de la Lalie et

des siens. Il s'écoula un long mois dans une sorte de
trêve mutuelle, avec de sourdes provocations toutefois
de la part des Pidoux qui, à l'abri derrière leur grille
comme derrière une herse, par moments prenaient des
attitudes de combat, se soupçonnant les plus forts. La
maigre Colasse, toujours rongée d'un mal inexpliqué, où
le médecin ne vit que les effets du retour d'âge, s'était
alitée, jaune comme un coing, sans pouvoir trouver le
sommeil. Un jour, devant Pierre et les enfants, elle
déclara ouvertement qu'elle en crèverait, si une fois pour
toutes, on ne la délivrait des Pidoux et de leurs prétentions. Alors Félicien, rendu farouche par son métier de
bûcheron dans les bois, loin des hommes, fit le geste de
viser quelqu'un dans le vide. Et constamment Phrasie,
plus réfléchie, était obligée de l'apaiser, préférant la
cautèle aux coups de force.

Comme Pierre et son fils, résolus à en finir, sournoisement descellaient, une nuit, le grillage, une sonnette
soudain carillonna, dans le grand silence de la lune ; et ils
s'aperçurent que Michel avait attaché un signal au mon-
tant de droite. D'abord, ils pensèrent à prendre la fuite ;
mais la porte s'ouvrit, Joanne se montra sur le seuil
en chemise, puis le Pidoux sortit à son tour ; et pris
sur le fait, un amour-propre activait leurs mains.

Ce fut une bagarre : la grosse femme les attaquait avec
un balai, trouvé par terre, pendant que Michel, en pantalons, trôlait en quête d'une fourche. Du manche de sa
pioche, Pierre parait les coups couvrant Félicien qui
s'acharnait sur la clôture. Et quand Michel se montra
enfin, un trident dans les poings, un saisissement l'arrêta
net, devant la grille qui se renversait.

— Au voleur ! hurlait la Joanne.

— Tais ta gueule, nom de Dieu, ou je tue, rauqua le
bûcheron.

Mais elle frappait toujours, redoublant ses cris, forcenée ;

et tout à coup cette chair de femme grasse l'allumant,
d'une fois il lui déchira sa chemise de haut en bas. Une
houle de viandes remua dans la clarté nocturne, avec des
bourres de poils qui la faisaient ressembler à un homme.
Maintenant un rut exaspérait ce gars sauvage : il l'eût
roulée dans l'herbe, sans respect pour son âge ; et les
mâchoires claquantes, il caressait ses fesses grandioses
qu'elle agitait dans sa lutte contre Pierre, insoucieuse de
sa nudité. Mais il étouffa un râle : la fourche de Michel,
comme un croc, venait de lui entrer dans le derrière.
Puis des voix au loin clamèrent: des maisons, réveillées
par les abois des chiens, se vidaient par la campagne ;
Pierre battit en retraite, emmenant son fils qui perdait le
sang. Et, pendant longtemps encore, Joanne, son grand
corps nu en travers du chemin, le provoqua au combat,
avec des injures.

Du coup, le grillage ne se releva plus ; les pluies le
rouillèrent, écroulé dans la haie ; et toute séparation sembla abolie indéfiniment. Cependant on apprit que les
Pidoux étaient allés à la ville consulter un avocat, et à
quelque temps de là, les Colasse, qui s'étaient crus victo-
rieux, reçurent une assignation devant le tribunal. Félicien, à peine remis de sa blessure, aurait fait un mauvais
parti à l'officier instrumentant ; mais Phrasie absente, ce
fut la mère qui le contint. Et leur fureur à tous redoubla,
devant cette querelle qu'ils supposaient éteinte et qui
renaissait avec l'appareil terrifiant de la justice. Celle-ci
les épouvantait, toujours compliquée d'une idée de prison;
Pierre se revoyait en présence du juge de paix, la bouche
morte, ne trouvant pas une parole ; et il se rappelait aussi
une affaire correctionnelle dans laquelle il avait dû tester,
bousculé à la sortie par les gendarmes.

Un moment ils pensèrent à abdiquer leurs prétentions
sur le chemin ; on ferait la paix ; même ils offriraient de
replacer eux-mêmes la barrière. Puis, la peur de paraître

reculer les arrêta ; ils remuèrent le village en quête de
témoignages pour opposer au prétendu droit des Pidoux,
leur droit à eux ; de vieilles gens déclarèrent qu'au temps
des parents de Michel, on passait par le sentier. Petit à
petit, l'idée des magistrats les talonna moins ; ils s'habi-
tuaient aux émotions d'un procès ; la Lalie, toute bran-
lante, finit par reprendre une verdeur de vieil arbre, uniquement occupée de l'affaire ; et on voyait un peu moins
les Pidoux, presque constamment à la ville, autour du
Palais de Justice. Cependant, au fond, les Colasse leur
gardaient une rancune terrible : ils auraient très bien passé
le reste de leur vie à démolir des clôtures sans songer à
vider le différend judiciairement. Et le regret de l'argent
qu'il faudrait payer aux avocats les tourmentait par-dessus
tout.

Le jour de la première audience, comme Lalie accom-
pagnait Pierre jusque par-delà le seuil, elle aperçut tout
à coup les Pidoux qui partaient aussi, tous deux en toilette des dimanches, la Joanne ayant mis son antique
robe de soie, un châle et un chapeau, Michel perdu dans
une redingote trop large. Les malheurs de son grillage
l'avaient séché ; c'est à peine s'il mangeait encore, op-
pressé d'éternelles inquiétudes, avec l'appréhension de
représailles féroces de la part des Colasse. Et il se rappelait amèrement le temps passé, avant que cette engeance
ne se fût jetée en travers de leur paix, pour leur disputer
leur bien. Maintenant ils ne connaissaient plus que les
angoisses.

— Vieux pourri ! lui cria la Lalie, le poing en l'air.
Ça ne t'portera pas bonheur. L'bon Dieu t'fera crever
comme une mouche, pour t'punir de ta malhonnêteté.

Mais l'affaire fut remise de semaine en semaine, pendant deux mois, les rôles étant surchargés. D'ailleurs,
l'avocat des Pidoux n'était pas sans crainte : ceux ci
n'avaient pu produire leurs titres de propriété, énergique-

ment réclamés par la partie adverse; et la coutume ne paraissait pas établie suffisamment, pour tenir lieu d'un droit écrit. Du moins, c'était l'argument de l'avocat des Colasse, un jeune stagiaire qu'ils avaient pris au dernier moment. Joanne, elle, haussait les épaules à l'idée que la possession du sentier pût être seulement mise en doute; jamais sa graisse n'avait fleuri plus magnifique: mais Michel dépérissait à vue d'œil, consumé par les inquiétudes. Il ne survivrait pas à une sentence qui le déposséderait.

Le premier mercredi du troisième mois, la cause fut enfin appelée : ils étaient présents tous deux; il y eut une réplique habile de la part du petit avocat des Colasse; et l'audience finie, ils ne voulaient pas s'en aller, attendant toujours le jugement. Il ne fut rendu qu'à huit jours de là. Comme le greffier finissait la lecture, parmi le brouhaha de l'assistance, quelque chose éclata dans Michel, avec un bruit mou ses bras battirent l'air, et tout d'une pièce, il s'affaissa, raide mort. Le tribunal donnait gain de cause aux Colasse.

Pidoux tombé, Pierre continuait à écouter, n'ayant rien compris. Et, à travers sa désolation, la grosse Joanne ne savait quoi regretter le plus, ou son procès perdu, ou son homme tué d'un coup de sang.

Le soir seulement, une charrette amena le cadavre. Du haut de la butte, les Colasse guettaient depuis une heure, pleins de mépris à leur tour pour cet homme qui les avait méprisés et qui finissait misérablement, payant de sa vie leurs mutuelles animosités. Quand la Lalie avait appris la nouvelle, elle ne s'était pas étonnée: c'était bien fait, il y avait assez de temps qu'il leur cherchait misère; et elle se promit de brûler une chandelle à la Vierge, à cause de son vœu exaucé. Tout à coup le véhicule entra dans le tournant du chemin : une grande bâche le recouvrait, tirée jusqu'en bas des ridelles; et un peu en arrière, marchait la Joanne, enflée par les larmes, son chapeau à la main. Le cheval stopa au pied du sentier; du monde était accouru ; à quatre hommes, la Pidoux les précédant

et sanglotant de toutes ses forces, on transporta le mort déjà rigide, les yeux ouverts, comme pour s'emplir une dernière fois de la vue du chemin perdu. Et une satisfaction basse de haine assouvie, gonfla le cœur des quatre Colasse, brusquement rentrés chez eux et qui, le rideau levé, regardaient s'avancer la procession, toute noire dans cette fin de journée d'hiver. Puis la solitude s'appesantit sur la maison de la veuve; elle ne voulut garder auprès d'elle qu'une parente du défunt, une cousine qu'il avait failli épouser; et par moments, de son lit, Lalie qui ne dor-

mait pas, l'entendait se lamenter très haut. Le sur-
lendemain matin, vers neuf heures, les cloches sonnèrent à la paroisse; des porteurs procédaient à la levée
du corps; et cette mort extraordinaire s'étant ébruitée,
une foule avait envahi la butte. On descendit par la partie
du sentier qui longeait les Colasse; leur maison était
close, sans un bruit, et tout à coup, comme elle passait
devant leur porte, la Joanne se détourna, cria par trois
fois : Assassins! pendant que la bière et tout le convoi
attendaient. Puis le piétinement recommença dans un
grand silence, derrière le défunt qui s'en allait, ayant
affirmé une dernière fois son droit.

Dans le village, des bruits coururent : on prétendit que
la Lalie avait jeté un sort sur les Pidoux; les femmes
s'écartaient de son passage, l'accusant d'entretenir un
commerce de sorcellerie avec le diable. Et chaque matin
maintenant, à son lever, la Joanne se postait en travers
du sentier, avec son cri toujours le même : Assassins!
qui était entendu de la route. D'abord les Colasse en
furent troublés; c'était comme une malédiction du mort,
transmise par celle qui lui survivait, et Pierre, moins âpre,
pensait que peut-être elle n'avait pas tort. Mais à la longue,
ils s'habituèrent, cette clameur les laissant froids à force
d'être répétée. Même un dimanche, le père étant à biner
derrière la haie, il releva la tête et tranquillement dit à la
Joanne :

— Ben quoi? L'homme est mort, chacun son tour.
Vaudrait mieux qu'on fasse camarade ensemble, à c't'
heure que tout est fini.

Elle cracha de son côté, pour toute réponse. Et Lalie,
le procès gagné, eût voulu l'écraser par sa magnanimité,
n'ayant presque plus de haine. Toutefois celle-ci se réveilla à quelque temps de là, vivace, comme une plante
qui, décapitée, repousse du pied indestructiblement. La
Joanne avait interjeté appel; de nouveau la possession du

chemin allait être remise en cause; et ils sentirent un grand froid leur couler dans les os à la pensée qu'il faudrait encore une fois payer l'avocat. Déjà ils avaient déboursé cent francs. En même temps ils apprirent que la Pidoux avait fait appel à un frère du défunt, émigré en Amérique : ils étaient brouillés depuis de longues années; mais il avait accepté de venir témoigner, se rappelant très bien que, du temps des vieux Pidoux, les parents, personne ne passait par la venelle. Alors, comme régulièrement, tous les matins, la veuve leur lançait son imprécation, ils cessèrent de la ménager, ripostant par des injures, l'outrageant jusque dans la mémoire de feu Michel. Et dans l'étroit passage, cause de leurs querelles, toutes deux, la Joanne et la Lalie, s'invectivaient, les yeux jaillis hors des orbites, prêtes à se dévorer, tant qu'elles étaient à bout de souffle.

Constamment les Colasse lui jouaient des tours; toutes les pierres du champ roulaient chez elle, lancées par dessus la haie; et elle les rejetait toujours, usant ses bras à cette besogne qu'il fallait recommencer sans cesse. Mais ils étaient quatre et l'avantage était de leur côté. Puis un soir Félicien, grimpé sur le toit, boucha la cheminée avec de la paille; la fumée sortait épaisse, en tourbillons, par les fenêtres et la porte; et de chez eux, ils s'amusaient à l'entendre tousser, suffoquée. Enfin, au temps des semailles, ils lui firent une autre misère : à pleines poignées Phrasie et la Lalie la nuit semaient dans son clos de la graine de pavots qui se mit à germer innombrablement, mangeant tous les plants. A présent, tous les mois, une ou deux fois, Pierre partait pour la ville, appelé par leur affaire la Joanne s'y rendait avant lui; et ils se rencontraient sous le péristyle du tribunal, Colasse en veste de dimanche, elle en robe et bonnet de demi-deuil, plus mafflue que jamais, attendant tous deux l'ouverture des portes, sans se parler. Mais le frère avait été frappé de congestion au moment de s'embarquer; sa fille écrivait qu'ils se mettraient en route dès que le danger serait passé; et les remises s'éternisaient, augmentant incessamment les frais. Ensuite ils regagnaient leur logis, cheminant quelquefois à une petite distance l'un de l'autre, à travers la campagne, pour s'épargner la dépense du train.

Dans les deux maisons, une préoccupation unique surnageait à tout le reste : le gain du procès. Pierre, à plusieurs reprises réprimandé à cause de ses absences, enfin avait été congédié de la fabrique ; il s'employait actuellement comme tâcheron dans les fermes; et la Lalie, toujours si active, mais ravagée par une recrudescence de son ancien mal, des jours entiers rêvassait, les mains veules. Le champ à l'abandon, une vache qui prit la colique, un porc tourné à une graisse mauvaise, ils eussent connu la misère, sans les salaires de Phrasie et de Félicien. Et toute perdue dans une solitude noire, avec l'idée de Michel qui ne la lâchait pas, Joanne, de son côté, économisait le feu et la chandelle, laissant sa maison se détraquer et sa terre tomber en jachère, en une lésine chaque jour plus grande, pour faire face aux demandes d'argent de son avoué et de son avocat. Ceux des Colasse avaient aussi réclamé des provisions ; ils s'étaient saignés aux quatre veines ; mais comme la Pidoux avait plus de bien qu'eux, quelquefois ils étaient pris de la peur de ne pouvoir aller jusqu'au bout. Un mot de leur ennemie, colporté dans le village, surtout les inquiétait : elle avait déclaré à plusieurs personnes qu'elle vendrait sa dernière chemise plutôt que de lâcher pied; et des paysans guettaient sa ruine, au bout de laquelle ils convoitaient la maison mise aux enchères piteusement.

Cependant le frère d'Amérique tardait à se rétablir. Chaque mois, une lettre arrivait qui laissait de l'espoir et ne le réalisait pas; et Joanne, soupçonnant une ruse pour

être payé de son voyage, un jour lui fit promettre deux
mille francs s'il arrivait. Alors l'immobilité du Pidoux
parut s'ébranler; il annonça que décidément il prenait la
mer; et de nouveau deux mois s'écoulèrent, pendant lesquels elle se résigna à ne plus manger qu'une fois le jour,
à midi, sans cesser d'enfler, bouffie d'une graisse blanche
qui avait l'air de couler le long de ses os. Et tout à coup
elle sut qu'à bout de sacrifices, les Colasse étaient con-
traints d'envoyer la Phrasie en condition à la ville. Par
surcroît, Félicien les avait quittés pour se marier dans un
hameau voisin. Et restés à deux, avec l'oppression de
cette affaire qui ne se vidait pas, ils vivotaient chiche-
ment du salaire de Pierre, presque impotent depuis
qu'une ruade de cheval lui avait cassé la jambe. Alors la
Joanne ressentit une grande joie, devant ce détraquement
qui les emportait.

Les saisons passaient sur cette grande haine sans
l'affaiblir. Elle fermentait dans leurs crânes, sous la canicule, du même bouillonnement que la terre. Au printemps, dans la clarté blanche des lilas, ils la sentaient
remuer en eux, comme une bête. Et l'hiver, malgré le
gel et les frimas, sous quoi tout froidit, elle flambait encore, d'un feu inextinguible. C'était comme le fer et le sel
de leur sang, leur vie était bâtie dessus, mieux que sur
le roc le plus dur; et peut-être ils seraient morts, elle la
Joanne, de gras fondu, eux les Colasse de dèche et de
famine, si elle ne leur avait donné la force des chênes.

La Lalie, desséchée à l'égal d'une souche, n'ayant plus
que la peau et les os, la face et l'échine d'une louve,
avait imaginé une forme hardie et simple de mépris. A
la même heure, chaque matin, par la neige, le beau temps
ou la pluie, un peu avant que la Pidoux s'en vînt leur
jeter son mort à la tête, elle quittait son lit, se coulait
en chemise dehors, sur le seuil abhorré répandait un
vase empli de l'urine et des déjections de la nuit. Et pour

ne pas demeurer en reste, Joanne, tout un jour gardait
ses excréments qu'elle leur vidait aussi devant leur porte,
mais le soir seulement, avant de se coucher. Une fois,
comme elle arrivait, pieds nus de peur du bruit, Lalie
brusquement se montra, son vase dans les mains, et
toutes deux s'embrenèrent, couvertes d'ordure de haut
en bas. Puis les jours suivants, chacune recommença, en
s'évitant; et quelquefois leurs déjections, n'étant pas ba-
layées, séchaient au soleil ou se diluaient sous l'averse,
jusqu'au lendemain.

Bientôt une surprise arriva aux Colasse : la Pidoux
inopinément avait cessé de leur crier sa terrible malédiction. Et ils en demeuraient gênés, comme d'une habitude
rompue, cette injure matinale manquant à leur journée.
D'abord ils crurent que la Joanne désarmait; mais
la défiance les ayant repris, ils conçurent l'idée vague
d'une ruse, ils ne savaient laquelle. Et, en effet, la Pidoux
avait son plan, une semence lentement germée dans le
terreau de sa fureur. Rentré au logis, Pierre s'asseyait sur
la dalle du seuil, mangeant là, dans le soir pacifique, un
croûton de pain, arrosé d'une passée de chicorée. De
derrière son rideau, elle ne lâcha plus de l'œil le quignon, en un guet tranquille, sûre que l'heure sonnerait,
des épingles entre les dents, invisible. Durant l'août entier,
sa forme noire revint à chaque vesprée se planter contre
le carreau; mais le moment tardait; et elle ne sentait
aucune impatience. Enfin, un samedi, le Colasse, appelé
de l'intérieur par Lalie pour un coup de main, posa son
chanteau sur la pierre; un instant de solitude se fit; et
doucement, le souffle égal, sans hâte, Joanne alla piquer
trois épingles dans le seigle brun. Cette nuit même,
Pierre trépassa, étranglé, après des beuglements qui la
délectèrent, et elle ne se coucha que vers minuit, ayant
entendu jusqu'au bout son agonie.

Tout de suite la Lalie soupçonna un empoisonnement;

un médecin ouvrit la gorge et trouva une des épingles ; cependant celle-ci avait pu tomber dans la pâte pendant le pétrissage. Et le matin du deuxième jour, les cloches sonnèrent comme elles avaient sonné pour Pidoux ; les hommes du cimetière vinrent lever le corps ; un moment la foule reflua de droite et de gauche derrière les porteurs indécis que Lalie contraignait à descendre par le sentier en litige. Celui-ci allongeait la route ; mais elle s'accrochait à la bière, ne voulant point la laisser s'en aller par un autre côté ; et tout le cortège enfin passa devant la maison des Pidoux, ainsi qu'en une suprème dérision du mort. Alors on vit tout à coup cette chose sacrilège : un rideau s'écartait sur une masse de chair énorme et circonflexe, toute pâle dans le noir des jupes. La Joanne se découvrait par en dessous devant le passage du cercueil.

Leurs hommes en terre, les femmes se montrèrent plus acharnées au procès, qui seul pouvait consommer la vengeance. Le frère, une arsouille, avait gagné le continent, mais n'avait pas dépassé Marseille, d'où une lettre était partie, informant la Pidoux qu'il était à bout d'argent. Et quand elle lui en eut envoyé pour la troisième fois, les nouvelles manquèrent : elle supposa qu'il était mort ou retourné en Amérique. Cependant d'autres témoignages avaient été produits, qui justifiaient ses prétentions, et après des délais infinis, le premier arrêt fut cassé. Mais la Lalie, sur le conseil de son avocat, invoqua un vice de forme ; et la procédure recommença, lente, leur mangeant tout. Elle avait hypothéqué sa maison et le champ pour une somme qui s'absorba dans le gouffre rapidement, sans le combler. Et d'autre part, la Joanne avait vendu une terre au bout du village, louée à un journalier de la campagne. Toutes deux traînaient leurs jours dans la crasse et le délabrement, l'une par avarice, l'autre par misère véritable, se repaissant de rebuts, pour tromper la faim qui leur tordait le ventre. Et souvent la

Colasse était aperçue gueusant en haillons sur la grand'
route ou ramassant des légumes pourris derrière les
haies. Mais dans la ruine de leur personne matérielle,
une autre personne, impérissable celle-là, se gonflait
d'aliments puissants, qui la soutenaient mieux que des
nourritures. Maintenant chaque matin, elles marchaient
l'une au devant de l'autre, se reprochant mutuellement,
avec d'aigres huées, la mort de leurs mâles. Et devenues
très vieilles toutes deux, toujours elles continuaient à ré-
pandre, chacune sur le seuil de l'autre, leurs stercoraires,
comme le résidu que laissait aller leur haine en fermentation.

Une fois, la Lalie ne parut pas; et elle ne se montra ni
le reste du jour ni le lendemain. Vers le soir, Félicien,
averti, enfonça la porte : on la trouva sur le vase, rigide,
le dos contre le mur, laissant après elle son excrément
comme un dernier outrage. Et des nuées de poux lui dé-
voraient la tête, sous ses cheveux gris. A quelque temps
de là, Joanne fut informée que le procès était gagné irré-
missiblement; mais personne n'étant plus là pour lui disputer son chemin, elle n'en ressentit pas de joie.

Les Colasse dorénavant lui manqueraient.

La Hulpe, avril 1885.

IMPRIMERIE G. ROUGIER ET Cie

1, RUE CASSETTE, 1

www.ingramcontent.com/pod-product-compliance
Lightning Source LLC
LaVergne TN
LVHW012009180726
843502LV00005B/1616